THE QUEEN OF CRIME
繁體中文版
20週年
紀念珍藏

謀殺在雲端

阿嘉莎・克莉絲蒂——著

高峰——譯

Death in the Clouds

通俗是一種功力

吳念真（導演、作家）

通俗是一種功力。絕對自覺的通俗更是一種絕對的功力。

這樣的話從我這種俗氣的人的嘴巴說出來，大概很多人要笑破褲底了。不過，笑完之後請容我稍稍申訴。這申訴說得或許會比較長一點，以及，通俗一點。

小時候身材很爛，各種遊戲競爭完全任人宰割，唯一隱遁逃避的方法是躲起來看書或聽大人瞎掰。那年頭窮鄉僻壤的小孩能看的書不多，小學二年級時最喜歡的是超大本的《文壇》，老師借的。看著看著，某天老師發現我的造句竟出現：「捧著：朝陽捧著一臉笑顏為群山剪綵」這樣亂七八糟的文字，就拒絕再讓我看那些超齡的東西了。

老師的書不給看，我開始抓大人的書看。一種是厚得跟磚塊一樣的日文書，對我來說那完全是天書，但插圖好看，經常有限制級的素描。另一種書是比較薄的，通常藏得很嚴密，只是裡面有太多專有名詞、重複的單字和毫無限制的標點，比如「啊啊啊」、「……！！！」

老讓我百思不解。有一天，充滿求知欲地詢問大人竟然換來一巴掌後，那種閱讀的機會和樂趣也隨著消失了。

所幸這些閱讀的失落感，很快從大人的龍門陣中重新得到養分。講到這裡，我似乎先得跟一個村中長輩游條春先生致敬，並願他在天之靈安息。

我所成長的礦區，幾乎全是為著黃金而從四面八方擁至的冒險型人物，每人幾乎都有一段異於常人的傳奇故事。這些故事當事人說來未必精采，但一透過游條春先生的嘴巴重現，有時連當事人都聽得忘我，甚至涕泗縱橫，彷彿聽的是別人的故事。

條春伯沒當過日本兵，可是他可以綜合一堆台籍日本兵的遭遇，一如連續劇般從入伍、受訓、逃亡荒島，面對同鄉同袍的死亡，並取下他們的骨骸寄望帶回故鄉，乃至骨骸過多搞不清哪是誰的等等，讓聽的人完全隨他的敘述或悲或笑，彷彿跟他一起打了一場太平洋戰爭。此外他也可以把新聞事件說得讓一個三、四年級的小孩，到現在仍記得當時腦中被觸動的畫面。例如當年瑠公圳分屍案的凶手做案之後帶著小孩到安東街吃麵（這讓我一直以為台北的安東街是條專門賣麵的街道），還有甘迺迪總統被暗殺、賈桂琳抱住她先生、安全人員跳上飛快的車子保護賈桂琳……當然，這記憶全來自條春伯的嘴巴而不是報紙。我的記憶全是畫面，有畫面，是因為條春伯說得精采，說得有如親臨他至死都還搞不清地理位置的達拉斯命案現場。

於是這小孩長大後無條件地相信：通俗是一種功力，絕對自覺的通俗更是一種絕對的功力。透過那樣自覺的通俗傳播，即使連大字都不識一個的人，都能得到和高階閱讀者一樣的感動、快樂、共鳴，和所謂的知識、文化自然順暢的接軌。也許就是因為這些活生生的例子，俗氣的自己始終相信：講理念容易講故事難，講人人皆懂、皆能入迷的故事更難，而能隨時把這樣的故事講個不停的人，絕對值得立碑立傳。

條春伯嚴格地說是有自覺的轉述者，至於創作者，我的心目中有兩個。一個是日本導演山田洋次，一個是推理小說家阿嘉莎．克莉絲蒂。

山田洋次創造了寅次郎這個集合所有男人優點跟缺點的角色，在以《男人真命苦》為名的系列下，總共完成百部左右的電影。它們的敘述風格、開頭、結尾的方法不變，唯一改變的是故事，是時代，是遍歷日本小鄉小鎮的場景。數十年來，看《男人真命苦》幾已成為日本人每年的一種儀式，一如新春的神社參拜。

數十年前訪問過山田導演，他說，當他發現電影已然有它被期待的性格時，電影已經不是導演自己的。他說：當所有人都感動於美人魚的歌聲時，你願意為了讓她擁有跟你一樣的腳，而讓她失去人間少有的嗓音嗎？

人間少有的嗓音與動人的歌聲，都來自山田導演絕對自覺的通俗創造。

再如阿嘉莎．克莉絲蒂，如果我們光拿出她說過的故事和聽過她故事的人口數字，就足以嚇死你。五十多年的寫作生涯，她總共寫出六十六本長篇推理小說，外加一百多篇短篇小說和劇本。其中有二十六本推理小說被改編，拍了四十多部電影和電視劇集。作品被翻譯成一百零三種文字的版本，銷量超過二十億本。

夠了。你還想知道什麼？知道二十億本的意義是什麼嗎？二十億本的意義是全世界平均三個人就有一個人讀過她的書，聽過她說的故事。

說來巧合，她和山田洋次一樣，創造出個性鮮明的固定主角（當然，前前後後她弄出來好幾個），然後由他（或是她）帶引我們走進一個犯罪現場，追尋真正的罪犯。

故事就這樣？沒錯，應該說這是通常的架構。那你要我看什麼？不急，真的不急，克莉絲蒂會慢慢冒出一堆足夠讓你疑惑、驚嚇、意外，甚至滿足你的想像力、考驗你的耐心和智商的事件來。

推理小說不都是這樣嗎？你說得沒錯，大部分是這樣，不一樣的是……對了，她像條春伯，像山田洋次，她真會說，而且她用文字說。

文字的敘述可以讓全世界幾代的人「聽」得過癮、「聽」個不停，除了聖經，也許就是克莉絲蒂。她不是神，但她真的夠神。

數十年前，台灣剛剛出現她的推理系列中譯本，那時是我結婚前，常有同齡的文藝青年來我租住的地方借宿，瞄到我在看克莉絲蒂，表情詭異地說：「啊？你在看三毛促銷的這個喔？」

我只記得他抓了一本進廁所，清晨四點多，他敲開我的房門說：「幹，我實在很討厭那個白羅……再拿一本來看看，我跟你說真的，要不是你的書，我真的很想把那個矮儸壓到馬桶吃屎！」

我知道他毀了，愛吃又假客氣，撐著尊嚴騙自己。克莉絲蒂再度優雅地撕破一個高貴的知識份子的假面具，她的手法簡單，那手法叫通俗，絕對自覺的通俗，無與倫比、無法招架的功力。

昔日的文藝青年如今跟我一樣，已然老去，但不時還會看到他寫一些充滿理念和使命感極重的文章，在報紙和雜誌上出現。我知道他要說什麼，只是常常疑惑他想跟誰說；同樣，我記得他說過什麼，但轉眼間忘記他說了什麼。但請原諒我，幾十年前那個晚上，他在我家看完的那兩本克莉絲蒂的小說內容，我可還記得清清楚楚。

也許有一天再遇到他的時候，我會問他之後是否還看過克莉絲蒂其他的書，如果沒有，我會跟他說，想讀要趁早，因為你會老、會來不及。至於白羅那個矮儸，大概永遠不會消失。哦，對了，還有一個叫瑪波，你說不定會來不及認識……

老派偵探之必要

冬陽（推理評論人，台灣推理作家協會理事長）

「讀者非常喜歡白羅這個人物，表示『那個開朗的小個子，過氣的比利時名偵探』。顯然白羅是這本小說受歡迎的一個原因，雖然白羅可能不贊同用『過氣』二字來形容他。」知名編輯兼作家經紀人約翰・柯倫（John Curran）在《阿嘉莎・克莉絲蒂的秘密筆記》一書如是說，文中提到的「這本小說」，正是克莉絲蒂初試啼聲、名偵探赫丘勒・白羅優雅登場的《史岱爾莊謀殺案》，一部於一個世紀前出版的偵探推理作品。

百年光陰的淬鍊顯然證明了白羅絕無過氣的疲態，連帶讓我聯想起電影《金牌特務》（*Kingsman*）上映後，大眾熱議西裝如何能帥氣俊挺歷久不衰——或許可以從這個切入角度，在這裡跟老書迷、新讀友探究這個蛋頭翹鬍子偵探（我沒有影射哪款洋芋片食品喔）的魅力所在。

且讓我們話說從頭。

「我敢打賭你寫不出好的推理小說。」一九一六年，阿嘉莎・米勒（克莉絲蒂婚前的舊姓）在媽媽的打字機上敲擊，打算回應姐姐梅姬這挑釁的話語。她努力嘗試，但故事寫得不好，於是改從身旁熟悉的事物著手——比方說毒藥。阿嘉莎在藥房工作過，曾在某個夜裡驚醒，匆匆回到調劑室重新配置，因為她不記得有沒有漏做一個重要步驟，否則病患就要去見閻王了——噢，這似乎是個謀殺好點子。

阿嘉莎還記得姨婆對她的叮嚀：要注意他人覬覦她珍藏的首飾，時時留意是不是有人偷偷拉長了耳朵聽她們的竊竊私語。小阿嘉莎不但執行得徹底，還把這個習慣寫進小說裡。同時她還注意到，因為世界大戰爆發，家鄉托基湧入許多比利時難民，不如讓一個逃難到英國的比利時退休警官擔任偵探？一定很有趣！

啊，偵探小說顧名思義，只要塑造出一個教人印象深刻的偵探，大概就成功一半。這個人物必須要有特色、有個性，甚至是怪癖，而且聰明又自負。好幾個名字浮現在她腦海裡：莫里斯・盧布朗（Maurice Leblanc）筆下的怪盜紳士亞森・羅蘋、卡斯頓・勒胡（Gaston Leroux）創造的新聞記者胡爾達必，當然還有那最最知名的夏洛克・福爾摩斯——連帶創造一個華生型的助手好了。該怎麼安排呢……

於是，一位偵探的樣貌漸漸成形：五呎四吋的小個兒，蛋型臉上蓄著保養得宜、梳理有型的鬍子，衣著一塵不染，漆皮鞋擦得錚亮。他有嚴重的潔癖，說話不時夾雜法語，喜歡成雙成對的東西，喜歡方的不喜歡圓的（雞蛋為什麼不是方的呢？），口頭禪是「動動灰色的腦細胞」。阿嘉莎心想，他應該要有個像福爾摩斯一樣響亮的名字，取名「赫丘勒斯」怎麼樣？希臘神話中的大力士。姓氏叫白羅，不過搭赫丘勒斯這個名字好像不配……改一下，赫丘勒．白羅好像不錯？就這麼定了吧！

白羅很聰明，懂得觀察入微沒錯，但這並不表示他就得是台獨尊腦袋、缺乏情感的冰冷思考機器，尤其要在人物關係錯綜複雜的莊園宅邸查案追凶，交際手腕得高明些才行。他不是在謀殺發生、屍體出現後才開始像頭獵犬四處嗅聞，而是憑藉旺盛的好奇心與強烈的同理心接觸各種人事物，進而探入被害者、犯罪者、各個看似無辜但多少都和事件沾上邊的關係者的心靈深處，佐以現今稱作鑑識、法醫等等科學鐵證（哎，證據人人知道，可是要怎麼跟真相合理地連結到一塊，這就是名偵探的功力啦），讓原本叫人束手無策的事件得以畫下完美句點。也因此，白羅偶爾能預測進而制止罪案的發生，甚至對殘酷但值得憐憫的罪行網開一面，這樣才合乎人性不是嗎？

婚後以阿嘉莎．克莉絲蒂為名，推出《史岱爾莊謀殺案》後深獲好評，相隔六年的《羅傑艾克洛命案》更是引發街談巷議，而克莉絲蒂全球暢銷前十大作品中，還包括《東方快車謀殺案》、《尼羅河謀殺案》、《ABC謀殺案》、《藍色列車之謎》、《底牌》、《五隻小豬之歌》，合計八部皆由白羅擔綱演出。讀者不只喜愛這個聰明角色，還臣服於平實流暢的文筆及相對顯得衝突的複雜劇情，冷酷的謀殺動機隱藏在細膩的人際關係裡，穿透看似單純、帶點童話氣息的表象後，端賴名偵探明察秋毫、撥亂反正。尤其讓一個比利時人在英國土地上辦案，是克莉絲蒂的小心思，因為「英國人總是不信任外國人，也不相信睿智」（語出英國偵探俱樂部主席馬丁・愛德華茲〔Martin Edwards〕），讀者同凶手一樣輕忽不設防，卻也得到了參與鬥智競賽的意外驚奇和美好滿足。

這樣的閱讀感受，我稱之為「老派偵探之必要」，因為它純粹簡約，經得起反覆咀嚼，猶如前述的西裝革履，在潮流更迭的時間長河裡維持恆久的優雅風範——呼應吳念真先生寫在「策畫者的話」中的一段文字，那不是惺惺作態的高傲睥睨，而是「絕對自覺的通俗，無與倫比、無法招架的功力」所致。

不信？往下讀去就知道。而且我敢打賭，你有很高的比例會將整個白羅系列嗑完，然後是瑪波小姐系列以及其他系列，當然也不可能錯過像名列暢銷首位的《一個都不留》這類獨立之作……

註　克莉絲蒂推理全集一至三十八冊為「神探白羅系列」，三十九至五十二冊為「神探瑪波系列」，五十三至八十冊包含鬼豔先生、湯米與陶品絲、雷斯上校、巴鬥主任等名探故事。

獻詞

阿嘉莎．克莉絲蒂是世界讀者最眾，也最廣受喜愛的女作家。
身為克莉絲蒂的孫兒，我相信奶奶會非常樂見這次出版，
因為她極以自己作品中的趣味與娛樂為豪。
歡迎所有喜歡本系列的台灣新讀者參與這場饗宴！

——馬修．培察（Mathew Prichard）

「普羅米修斯號」後艙平面圖

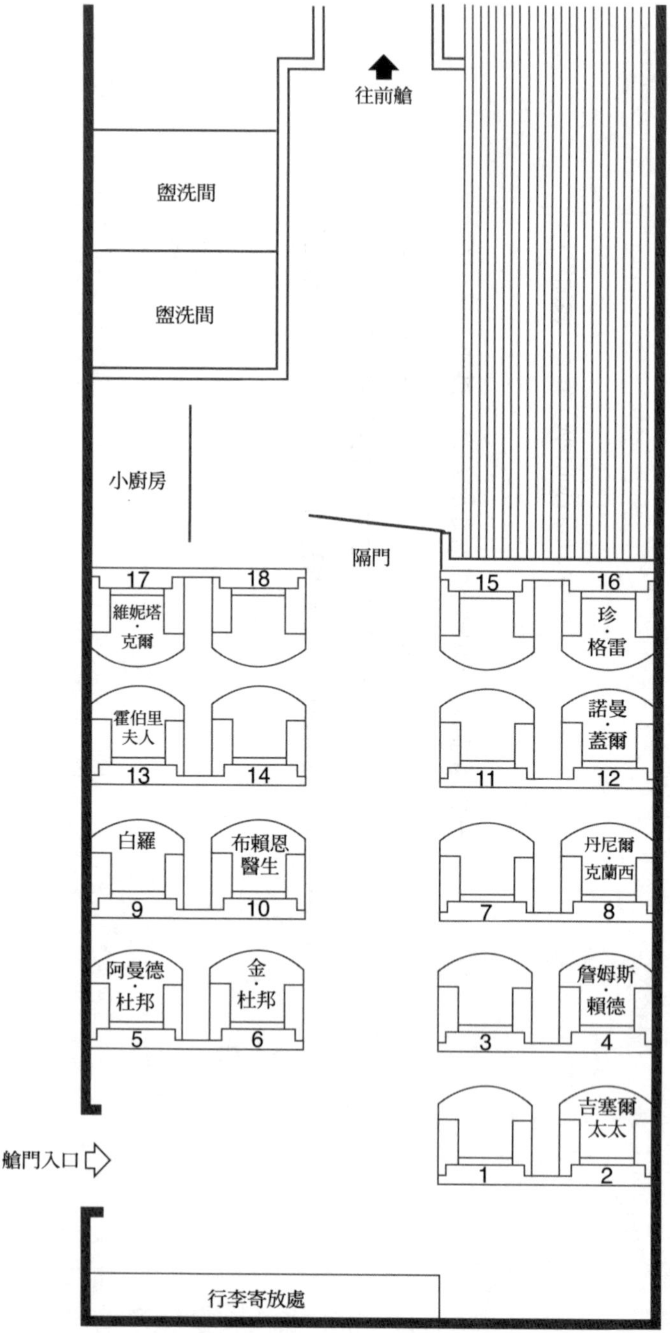

01 從巴黎到克洛敦

在布爾歇機場上，九月的太陽還很酷烈。旅客們熱得昏頭昏腦，懶洋洋地步入機場，順著舷梯登上「普羅米修斯」號飛機；幾分鐘後，它就要從巴黎飛往克洛敦了。

珍．格雷是最後一批走進客機的乘客，她毫不費力地找到了自己的第十六號座位。有幾個人則繼續穿過隔門、小廚房、兩間盥洗室，朝前艙走去。大多數的人已經就座完畢。通道的另一面，有人在起勁地交談。其中一個聲音刺耳尖銳，而且大都是她在發話，珍稍微皺了皺眉頭，她很熟悉這種類型的聲音。

「親愛的，完全不可思議，我一點兒也不知道……你說在哪兒？在鐘拉潘[1]嗎？哦，

1　鐘拉潘（Juan-les-Pins），法國地名。

對了。不，在盧比納……是，就是同一班老人……不，不，當然囉，我們坐在一塊兒吧。難道不行嗎？誰？啊，我明白了……」

然後是一個外國人謙遜、愉快地回答：「噢，很樂意，請坐吧，太太！」

珍偷看了外國人一眼。

這是一個年紀不輕的小個子，蓄著偌大的八字鬍，蛋形腦袋；他把自己隔著走道而鄰接珍的座位恭敬地讓出來。

珍微微扭過頭，瞧見那兩個逼迫這個外國人禮讓座位的婦人。她們提到盧比納激起了珍的好奇；因為她也剛剛去過那兒。她記起最後在哪兒見過其中一位婦人——在賭桌邊見過。當時，這個婦人一會兒握緊拳頭，一會兒又鬆開拳頭；一張精心雕琢、活像尊翠斯騰瓷偶的臉蛋，一會兒發白，一會兒又緋紅。珍一下就想起這個人的姓名。當時，一個女友曾向她提到這個婦人：「她雖然也是個貴夫人，但並不是貨真價實。從前，她是在劇團唱歌的。」女友的口吻中有一種輕蔑和嘲笑。這個女友名叫梅西，她的工作挺不錯——充當按摩女郎，她能「消除」顧客過度肥胖的現象。

「可是另一個婦人，」珍心想，「就是個名副其實的貴夫人。住在郡鄉、習慣騎馬活動的類型。」但旋及她便忘了那兩位婦人，而被窗外機場的景象所吸引。好多飛機都在等待起飛，有一架看來好像是一條金屬蜈蚣。

珍的正對面坐著一位身穿鮮豔淺藍絨線衫的年輕人。為了不跟這年輕人的視線相遇，她打定主意不朝正前方瞧，絕對不！

機師們用法語互相吆喝一陣——引擎隆隆響起——停歇——再響起——障礙物排開——飛機終於起飛了。

珍屏住氣息，這是她一生中的第二次飛行，她仍舊感到十分興奮。飛機往前疾馳，看來好像要撞上圍牆了……不，眨眼間，他們已經在大地上空了，上升，再上升，盤旋升高，布爾歇機場遠遠落在下面了……

飛機開始了午餐服務，乘客總共有二十一人，十人在前面的客艙，十一人在後艙。機組有兩名駕駛員和兩名空服員，引擎的噪音被高超的技術消音了，甚至耳朵也無需塞上棉花。不過，還是有其他噪音，交談仍然困難，只能胡思亂想。

普羅米修斯號越過法國領土上空朝英吉利海峽飛去，後艙的乘客都在想著自己的心事。珍．格雷想道：「絕不瞧他！不，絕不，我要望著窗外想心事，我得挑件事情想想，這是最好的辦法。這樣我才不會慌亂。我得從開始想起，好好回溯一番。」

她的思緒回到所謂的「開始」，也就是買下愛爾蘭賽馬會賭票的那天。那的確是個奢侈的行為，卻令人充滿期待……

在珍和其他五個年輕小姐工作的美容院裡，是一片嘻笑聲和嘈雜聲。

「如果你贏了大獎，你要做什麼啊，親愛的？」

「我自有打算。」

接著是計畫，一堆幻想，一堆爭論……

結果她沒得到「大獎」，但贏了整整一百英鎊！

整整一百英鎊。

「花掉一半，另一半存起來，你永遠料不到將來會發生什麼事。」

「我要是你，珍，我寧可買一件皮大衣，上好的皮大衣。」

「來趟海上之旅如何？」

一想到海上之旅，珍的心不禁怦怦直跳。但最後，她還是忠於她的第一個選擇：到盧比納去消磨一個星期。她的許多客人都去過盧比納，或者剛從那裡回來……

珍敏捷的巧手正給顧客理好一綹綹頭髮，捲成服服貼貼的鬈髮，嘴裡向顧客提出一些反射性問題：「您多久沒燙頭髮了，太太？」「您的髮色好特別呀，太太。」「今年夏天很棒，不是嗎，太太？」腦中卻想著為什麼就我不能去盧比納？現在，她終於能暢遊一回了。

對她來說，衣著不成問題，珍和大多數在倫敦鬧區工作的女孩一樣，只要花很少一點兒錢，就能把自己打扮得既時髦又漂亮，指甲，化妝，髮型，完全無可挑剔。

於是，珍去了盧比納。

有沒有可能這十天在盧比納的歡樂都在那次付之一炬？

那是在賭輪盤時發生的一件插曲。那幾天的晚上，珍都放任自己小賭一把，但不管怎樣，她都絕不超過某個限額。這天一反迷信傳統的，一開頭她就很不走運。她已經賭了四個晚上，這一次是她今天的最後一筆賭注了，之前珍一直小心地把賭注押在她彩色號碼上。她贏了一點，但多半是輸；此刻，她把錢捏在手裡，屏息等待。

還剩下兩個號碼沒人下，5號和6號。要把最後一把下在其中一個號碼上嗎？可是下在哪個號碼上呢？5還是6？哪個她比較有感覺？

5號就要翻轉過去，小球滾動了。珍伸出手，6，她放在6上。

正巧，她和對面的一個賭客同時下注：她選中了6，他選中了5。

「賭注下定啦。」莊家說。

小球跳了一下就不動了。

「5號，紅的，單數，贏啦。」

珍懊惱得幾乎叫了一聲。莊家掃進賭金，付錢給贏家，坐在珍對面的賭客問道：「你不拿走自己贏得的錢嗎？」

「我贏的錢？」

「是呀。」

「但我下的是6呀！」

「不，下6的是我，你下的是5。」

他笑著說，笑容非常迷人。白白的牙齒，棕黑的臉蛋，藍眼睛，短短的鬈髮。

珍狐疑地拿起贏得的錢。這是不是搞錯了？她有點困惑。或許她是下在5上了。她懷疑地瞅了那陌生人一眼。他又回了一個微笑。

「這就對了，」他說，「如果你把錢留在桌上，別人馬上就會把它拿走！這是一定的。」說著，他親切地點點頭就走了。這招也很貼心。否則珍可能認為，他僅僅為了跟她結識，而把贏的錢讓給她。不過，他不是那種人，他那麼親切……而此刻，他竟正好坐在她對面！只是一切都結束了──所有的錢已花光了，巴黎的最後兩天也一晃而過（唉，無聊的最後兩天），而現在手中機票上的目的地一欄，印的已是家園的名字。

接下來呢？

「何必去猜測將來如何，」珍阻止自己胡思亂想。「幹嘛瞎操心？」

彼此閒聊的兩個婦人已不作聲了，她望過走道。那位翠斯騰瓷偶夫人氣惱地嘟囔著，瞧了瞧裂掉的指甲。她揿了揿電鈴，當穿著雪白衣服的空服員來到她面前時，她說：「叫我的女傭人到我這兒來一下。她在前艙。」

「是的，夫人。」

空服員周到、敏捷、迅速地走了。接著馬上出現了一個頭髮烏黑的年輕法國女孩。她穿了一件黑色連衣裙，拿來了一個小珠寶箱。霍伯里夫人用法國話吩咐這個女孩。

「馬德琳，去把那個紅色摩洛哥皮的化妝箱拿來給我。」

女傭人朝機尾堆放蓋毯和行李的地方走去。不一會，這女孩就拿了一個小化妝箱回來。西塞莉・霍伯里夫人從女傭手裡接過小箱子，就遣走她了。

「好了，馬德琳，這個就留在我這兒。」

女傭人再度離開。霍伯里夫人揭開箱蓋，從漂亮的箱子裡取出一把指甲銼子。然後，對著一個小鏡子久久地研究自己的面孔，一會兒撲點兒香粉，一會兒又塗塗口紅。

珍輕蔑地撇了撇嘴，眼光落在前面的其他乘客身上。

坐在兩個夫人後面的，是那個和「真貴婦」交換座位的矮小外國人。他脖子上緊緊圍了一條根本用不著的圍巾，似乎睡熟了，但或許是珍凝視的目光驚動了他，他張開眼望望珍後，又闔上眼瞼。

跟他並排而坐的是一個體面而頭髮斑白的男人，膝上放一個打開的橫笛外盒，手裡呵護備至地擦拭著一根橫笛。怪了，珍想到，他看來根本不像個音樂家，而像是律師或醫生。

坐在他們後面的是兩個法國人。一個蓄著落腮鬍；另一個年輕得多，大概是前者的兒子。兩人正比手畫腳地熱烈談論什麼。

至於珍自己這排的視線，則全被那個穿藍色絨線衫的男人給遮住了。也說不出理由，反正珍打定主意不去看他。

「我怎麼會這麼……好像才十七歲似的！」珍懊惱地責怪自己。

對面的這位諾曼．蓋爾則在尋思。「她真漂亮，實在漂亮！她一定記得我。記得她的賭金被掃走時，她有多沮喪啊。但後來看到她得到那筆錢的喜悅，我什麼都值得了！我到底做對了……她的微笑真叫人喜愛：健康的牙齒，堅固的牙床。活見鬼，我怎麼這麼激動！

沉住氣，小夥子！」

他向旁邊走過的空服員說：「給我一份冷牛舌。」

霍伯里伯爵夫人則在思忖。「我的天，究竟該怎麼辦呢？這下糟透了。我看只有一個辦法，只要我膽子夠大。這我能夠辦到嗎？我能矇混過去嗎？我的神經快受不了了。全都因為古柯鹼。我幹嘛要碰那東西呢？我的面孔看來好嚇人，太嚇人啦！維妮塔．克爾那爛女人在這兒，就更糟糕了。她老是盯著我瞧，好像我是一個髒東西。她想把斯蒂芬據為己有，可是希望落空了。那張大長臉弄得我好緊張，真的和馬臉沒兩樣。我恨死了這些鄉紳階級的貴族。天哪，我該怎麼辦呀！應當想點什麼辦法！那老妖精可不是說著玩的……」

霍伯里夫人從盒裡取出一根香菸，把它插在長菸嘴裡，她的兩隻手都在顫抖。

維妮塔．克爾女爵嘀咕道：「哼，無恥的婊子！這就是她。或許理論上她貞潔無瑕，但她骨子裡根本是個妓女的料。可憐的斯蒂芬，他要能離開她就好了……」

她也拿出菸盒，就著西塞莉．霍伯里遞上的火柴點了火。

空服員阻止她。「對不起，夫人，這裡禁止吸菸！」

「見鬼！」霍伯里夫人表示不滿。

赫丘勒．白羅想道：「那邊那位小姐真漂亮。她有一個堅毅的下巴，可是什麼使她如此惶惶不安呢？她為什麼一直迴避對面那個英俊男子的目光呢？看來，她是認識他的，他也是認識她的……」

飛機稍稍下降。

「啊，我的肚子。」赫丘勒．白羅哼了一聲，牢牢地閉上了眼睛。

跟他並排的布賴恩醫生小心地撫摸著自己的橫笛，心裡琢磨著：「我無法下定決心，我就是無法下決心。這是我職業生涯的一個轉捩點啊……」

他從盒子裡小心、愛戀地取出橫笛。音樂……在樂曲聲中可以忘卻人生的一切憂慮。他笑咪咪地把橫笛拿到唇邊，接著又將它放下。蓄著小鬍子的那位矮個子就在旁邊打盹。

飛機突然劇烈地搖晃了一下，晃得人眼睛都發昏了。布賴恩醫生很高興，他從不暈車，也不暈船，坐飛機也不會暈機。

老杜邦先生激動地向小杜邦嚷嚷起來。

「這一點用不著懷疑！他們——德國人、英國人、美國人，全都錯了！史前陶器發明的日期，他們說得根本不準！比方說，薩邁拉陶器……」

金．杜邦個子很高，彬彬有禮，樣子有點懶洋洋，他溫和地反駁說：「你應當拿出憑據！還有塔爾．哈雷夫和薩基耶．戈茲……」

討論繼續下去。

阿曼德．杜邦先生打開一個飽經滄桑的航空旅行袋。

「你看看這些庫爾德菸斗，簡直像是現代作品。菸斗上的裝飾就像那個西元前五千年的陶器……」

阿曼德・杜邦先生猛然一揮，差點把空服員剛才放在他面前的一個盤子碰掉了。

克蘭西先生是個作家，寫過許多偵探小說；他從諾曼・蓋爾後面的座位上站起來，走到客艙尾部去，並從自己放在那兒的外套口袋裡掏出一份英國布萊蕭火車時刻表，然後拿著它回來，想要為自己的小說構思一個完全的「不在場證明」。

坐在克蘭西先生後面的賴德先生心裡直翻騰：「我一定要堅持到底，只是會很辛苦。我不知道怎麼提高下一筆股息……如果轉讓股份那就嗚呼哀哉了……哦，該死！」

諾曼・蓋爾站起身來，到廁所去。他才離開，珍立即從手提包裡取出小鏡子，不安地看了看自己，搽上一點香粉，再塗上口紅。

空服員把咖啡放在她面前。她望了望窗外，下面是金光閃耀而蔚藍的英吉利海峽。

正當克蘭西先生認真安排晚上七點五十五分在沙里布的故事細節時，一隻黃蜂在他頭頂上討厭地嗡嗡盤旋，克蘭西揮手，沒打到牠，黃蜂於是飛到遠處去糾纏杜邦父子的咖啡杯。

膽大的金・杜邦準確一擊，打死了黃蜂。

客艙恢復平靜。談話聲停止，每個人都專注想著自己的心事。

客艙的深處，在二號座位上，吉塞爾太太的頭忽然向前伸出一點，看起來像是睡著了。但她不是在睡覺，她也沒在說話或思考。

吉塞爾太太已經死了……

02 重大發現

資深空服員亨利・米契爾快速地從一個座位走到另一個座位，把帳單送給每個乘客。再過半小時，飛機就要到達克洛敦。米契爾收下鈔票和小銀幣，一面哈腰，一面不住地說：「謝謝，先生。謝謝，夫人。」在那兩個法國人的小桌前面，他不得不等候一兩分鐘，因為他們正在比手畫腳地高談闊論。「在這兒，大概撈不到多少小費了。」米契爾抑鬱地想道。

有兩個乘客正在打盹。一個是蓄著八字鬍的小個子男人；一個是機尾那個上了年紀的夫人，這位夫人給小費都是很慷慨的。米契爾記得她，她搭乘這條航線的飛機已經好幾次了。因此，米契爾並沒有喚醒她。

米契爾剛剛走近，小個子男人馬上醒來，付了一瓶蘇打水和船長牌餅乾的錢——他總共就點了這兩樣東西。

米契爾盡量不去驚動那位女乘客。最後，距離克洛敦約莫只有五分鐘了，他才向她說：

「對不起，這是您的帳單，夫人……」

他小心地用手觸碰一下婦人的肩膀。她沒醒來，於是他又加重了一點力氣，搖了搖她。想不到，這位夫人竟從座位上癱了下去。米契爾俯身察看，然後驚惶失色地直起腰來……

§

空服員艾伯特．戴維斯不大相信地說：「得了吧！你不會是說真的吧？」

「告訴你，是真的！」米契爾直打哆嗦。

「你確定嗎，亨利？」

「十分確定，至少……我猜是突然發病？」

「再幾分鐘就到克洛敦了！」

「如果她只是病了……」

兩個空服員猶豫不決了一兩分鐘才開始行動。米契爾往後艙跑去，從一個座位走到另一個座位，不斷低聲問道：「對不起，先生，請問您是醫生嗎？」

諾曼．蓋爾說：「我是牙科醫生。不過，也許我能幫你忙。」

他從座位上起身。

「我是醫生。」布賴恩醫生說，「發生了什麼事？」

「那頭有個夫人……看起來很不對勁……」

布賴恩醫生站起來，跟隨空服員走過去。那個小個子男人也不動聲色地跟在他們後面。

布賴恩醫生彎腰探看二號座位那個擠成一團的身體。這個婦人歲屆中年，穿了一件深黑色的衣服。

檢查很快結束。他說：「她死了。」

米契爾問道：「您認為她死於……心臟病發作嗎？」

「沒有詳細檢查，不敢斷定。你最後一次看見她是什麼時候？我是說她活著的時候。」

米契爾思索了一下。

「我拿咖啡給她的時候，她還是好好的。」

「多久以前了？」

「大約四十五分鐘前。隨後，我拿帳單去時，還以為她在打盹……」

「她至少死了半個鐘頭。」布賴恩說。

他們的談話引起了注意，乘客們都朝他們這邊望過來，伸著脖子聽著。

「我猜這是突發的，是吧？」米契爾滿懷希望地說。

他執意是心臟命突發，他妻子的姐姐就常突然發病。他個人認為，那是一種人人都能理解的普遍現象。

布賴恩醫生不想涉入太深，只是神情迷惑地搖了搖頭。

有個聲音突然在他旁邊響起，是那個蓄著鬍子的小個子。他說：「她的脖子上有一個小點……」

他說話的態度十分謙卑，像是在向上級報告。

「沒錯。」布賴恩醫生說。

婦人的頭給翻轉過去，是有一個細小的針刺痕跡在喉嚨旁邊。

「對不起，」杜邦父子走過來，他們聽到剛才的討論插嘴說，「你們說有個婦人死了，脖子上有針刺的痕跡？」金．杜邦說得很慢，好像自言自語。

「我能說說自己的想法嗎？不久以前，有一隻黃蜂在這兒飛來飛去。我把牠打死了。」他指了指躺在他咖啡碟裡的黃蜂。「這個不幸的夫人會不會是死於黃蜂的刺螫呢？我聽說過這樣的事。」

「當然有可能，」布賴恩表示同意。「醫學上有過這類的案例，這是完全可能的，尤其是，如果一個人的心臟衰弱時，更容易造成死亡。」

「現在要怎麼辦？」空服員米契爾問道。「再過幾分鐘，我們就要到達克洛敦了。」

「別緊張，別緊張。」布賴恩醫生站遠一點說，「什麼也不用做，絕對不能碰屍體。」

「是的，先生，我了解。」空服員答道。

布賴恩醫生準備回到自己的座位上，他詫異地望了望纏著圍巾的小個子外國人，這個外國人動都沒動一下。

「先生，」布賴恩醫生說，「您最好回到自己的位子上。馬上就到克洛敦了。」
「是呀，先生。」空服員說著提高嗓門。「各位，請回座位坐好！」
「對不起，」矮個子說，「有個東西……」
「有個東西？」
「是呀，有個東西！」
他用鞋尖指了指那樣東西。空服員和布賴恩醫生順著他的動作看去。地上露出一個黑黃色且閃閃發光的小東西，它被死者的黑裙子遮掉一半。
「還有一隻黃蜂嗎？」醫生覺得奇怪。
赫丘勒．白羅跪下，從上衣口袋裡取出一個小鑷子，細心地夾著，最後他夾著東西直起腰來，說：「沒錯，這很像黃蜂。但它不是黃蜂！」
他把那個東西翻來翻去，讓醫生和空服員看清楚一點。那是一個形狀特別的長針，針尖已受汙染，針頭有黑黃色的軟絲在上面打了結。
「我的天！我的天！」克蘭西先生脫口而出，他剛從座位上走來，正越過空服員米契爾的肩膀在觀望。「太漂亮了！好漂亮的東西，我這輩子從沒見過這麼漂亮的東西！簡直令人不敢相信！」
「你可不可以說清楚一點，先生？」空服員問道，「你知道這是什麼嗎？」
「知不知道？當然知道！」克蘭西先生滿臉驕傲，神氣十足。「先生們，這個東西是某些部落的土著所使用的吹針。這種吹針是從吹管裡吹出去的。現在我無法確切斷定是南美的土人，還是婆羅洲的居民。但是不必懷疑，這正是那種土人的箭，是從吹管射出來的，而且我懷疑針尖……」

「塗了南美印第安人著名的箭毒。」赫丘勒．白羅替他把話說完，並且添了一句：「到底這可不可能呢？」

「當然是很不尋常！」克蘭西先生說得洋洋得意。「簡直是非同凡響！我自己在寫偵探小說，但沒想到竟然在現實生活中真的碰上……」

他不知如何形容。

飛機開始傾斜下滑，仍舊聚在通道上的乘客們顛了一下。接著低空盤旋，準備在克洛敦機場降落。

03／克洛敦

下機後，整個場面再也不是由空服員米契爾和醫生控制了。那個纏著圍巾的怪矮子掌握了整個局面。他說話很有權威，所以那些人都依言辦事，沒人提出問題。他向米契爾低聲說了一句什麼，米契爾點了點頭，從乘客之間擠了過去，最後站在通向前艙門邊。

飛機滑下跑道，一待完全停妥，米契爾便提高嗓門叫喊：「各位女士先生們，在政府官員還沒到達之前，請大家留在自己的座位上。我想不會耽擱你們太久。」

這個要求是合理的，絕大多數乘客都全力配合，只有一個人堅決反對。

「胡說八道！」霍伯里夫人生氣地叫嚷。「你們不知道我是什麼人嗎？我要求立即下機！」

「非常抱歉，夫人。對您也不能例外。」

「這簡直是沒有道理，完全沒有道理！」西塞莉．霍伯里氣呼呼地跺了一下腳。「我要將這件事告訴你們公司。竟讓我們和一具屍體關在一起，太可惡了！」

「說實在，親愛的，」維妮塔．克爾用文雅的聲調慢聲慢氣地說，「我們的確很不受尊重，可是，看來眼下也只得忍受了吧！」她坐下，從手提包裡掏出菸盒。「我能抽根菸嗎，先生？」

心緒不寧的米契爾回答：「應該沒關係，夫人。」

米契爾回頭一看，戴維斯打開前艙的求生門放出了前艙的乘客，現在又去詢問指示。扣留的時間並非很久，但是乘客們彷彿覺得過了至少有半個小時，才來了一個身穿便服的人：這人走路的姿勢像軍人，還有一個警察伴隨。他們急匆匆地穿過機場，攀上舷梯，從米契爾預先給他們打開的那扇門走進飛機。

「好了，發生什麼事了？」穿便服的人打著公家口吻問道。

他先聽米契爾講，接著又聽布賴恩醫生講，然後自己彎下腰瞧了瞧那位已死的婦人。他給警察做了簡短的指示，然後向乘客們說：「勞駕各位女士先生跟我走一趟吧！」

他領著他們穿過機場，但是沒像往常那樣走向海關，而是拐進一個小房間。

「各位女士先生，我希望不會耽誤你們太多時間。」

「聽著，警官。」詹姆斯．賴德說，「我在倫敦有很緊急的事！」

「十分抱歉，先生。」

「我是霍伯里夫人。你們竟敢把我滯留於此，實在太可惡了！」

「實在遺憾，霍伯里夫人。您知道，事情極為嚴重，很像是謀殺案。」

「南美洲印第安人的毒箭。」克蘭西先生笑嘻嘻地嘟囔一句。

警官疑惑地看了他一眼。

那法國考古學家激動地用法語不知說了什麼，警官也用法語慢慢、小心地回答他。

維妮塔．克爾說：「這實在是很無聊，但我認為您是職責在身，警官。」

警官用感激的口吻回答：「謝謝，小姐。」接著他又說：「各位先生女士，請你們留在這兒一下，我要跟這位……醫生談一談。」

「我叫布賴恩。」

「謝謝您，醫生，請跟我來吧。」

「我能協助你們調查嗎？」

說話的是那個蓄鬍的小矮子。

警官猝然轉過身去，本來準備堵他一句，但突然他面部的表情改變了。

「噢！請原諒，白羅先生！你圍巾盤得那麼緊，我都認不得你了。請跟我來吧。」

警官開了門，布賴恩醫生和白羅走了出去，其餘乘客都用詫異的目光望著他們。

「為什麼他可以出去，我們卻得關在這兒？」西塞莉．霍伯里憤怒地叫嚷。

維妮塔．克爾溫順地坐在椅子上。

「他可能是個法國警察。」她說，「或密探。」

諾曼．蓋爾羞怯地向珍說：「我覺得，我在，呃，盧比納看見過你……」

「我是到過盧比納。」

諾曼．蓋爾說：「那是一個好美的地方。我很喜歡那裡的松樹。」

「是呀，它們會發出醉人的松香！」

兩人不知道要再說些什麼，稍微沉默了一會。最後蓋爾說：「我……我一上飛機就立刻認出你了。」

珍佯裝詫異。

「真的嗎？」

蓋爾問道：「您認為那個婦人是被謀殺的嗎？」

「我想是吧。」珍回答，「發生這種事真可怕，也很不舒服。」

珍打了個哆嗦，諾曼．蓋爾稍微走近一些，好像想要保護她似的。

杜邦父子正在用法語交談。賴德先生在筆記本裡做著計算，並不時對照錶上的時間。西塞莉．霍伯里一隻腳不耐煩地敲著地板，同時用顫抖的手點燃香菸。

一個穿著藍色制服的高個子警察面無表情地倚在門邊。

在隔壁房間，傑派探長正在跟布賴恩醫生和赫丘勒．白羅談話。

「你就是有本事出現在最意料不到的地方，哪裡有事，哪裡就有你，白羅先生！」

「克洛敦機場應該不是你的地盤吧，我的朋友？」白羅問道。

「哎，我剛好在追捕一個專門走私的大角頭，幸運的是，他讓我給逮個正著。這是我這幾年來，碰到過最奇怪的案子。好啦，我們來著手研究研究吧。首先，醫生，您能不能把您的姓名和住址告訴我？」

「羅傑．詹姆斯．布賴恩。耳鼻喉科專家。我的住址是：哈利大街三二九號。」

一個樣子有點蠢笨的警察坐在桌邊，把這些內容都記了下來。

「我們的法醫會來驗屍，」傑派說，「但我們偵訊時還是需要您幫忙，醫生。」

「好的，好的，當然囉。」

「您能不能大概判斷一下死亡的時間？」

「這個婦人大約是在我檢查——那是在抵達克洛敦之前幾分鐘——的半小時前死的。我想不會少於這個時間。我從空服員那裡知道，他大概一小時之前跟她談過話。」

「嗯，這樣就已經縮小了範圍。也許我有點兒冒昧，但我想請問您一下，您有沒有發現什麼可疑的現象？」

醫生搖了搖頭。

「而我卻睡著了。」白羅懊惱地說，「坐飛機和坐船對我而言都是一樣折磨。我只能盡量把自己包緊一點，試著睡一場覺。」

「關於死亡原因，您有什麼想法嗎，醫生？」

「我暫時不適合說什麼，需要解剖屍體和進行分析之後才能弄清楚。」

傑派體會地點了點頭。

「好吧，醫生。」他說。「我想，我們就不耽誤您了。但是，十分抱歉，恐怕，呃，您得辦理一些手續。每個乘客都無法避免，我們不能對誰例外。」

布賴恩醫生微微一笑。

「我向您保證，我身上沒有隱藏任何……呃，吹管或者致命武器。」他一本正經地說。

「羅傑斯會檢查的。」傑派向自己的助手點了點頭。「順便問一下，醫生，你知不知道這是什麼……」

他指了指桌上那小盒裡的一根髒汙的針。

「不做分析是很難說的。鬼老厲[2]是土人很慣常使用的箭毒。」

「那玩意可以殺死人嗎？」

「它是一種可以迅速致死的毒藥。」

「可是，這種東西大概不容易弄到手吧？」

「對一般人來說很不容易。」

「那我們就要特別仔細地搜查您了，醫生。」總愛自得其樂的傑派說，「羅傑斯！」

醫生和警員離開了房間。

傑派仰頭靠在椅背上，望了望白羅。

「很棘手，這案子，」他說，「太具神祕色彩，不像是真的。吹管和毒針，在飛機上！

這簡直是侮辱我們的智慧！」

「這是一個很深刻的見解，我的朋友。」白羅說。

「我手下的人正在搜查飛機。」傑派警官說道，「也請來了攝影師和指紋專家。現在，我想有必要跟空服員談談。」

他走到門口下了命令。兩位空服員走進房間。年輕的那位空服員已經從震驚中恢復過來，看來竟有些興奮；資深的那位則依然臉色蒼白、驚惶失措。

「沒事的，老弟。」傑派警官說，「請坐。護照都拿來了嗎？很好。」他迅速看了看乘客們的護照，「啊哈，這個瑪麗·莫里索[3]，拿法國護照。你知道她的背景嗎？」

「我以前見過她。她經常乘坐我們的飛機往返英國。」米契爾說。

「哦，大概是做生意吧。你一點也不知道她是做什麼生意的嗎？」

米契爾搖了搖頭。年輕的空服員說：「我也記得她。我在早上八點從巴黎起飛的早班飛機上見過她。」

「你們當中誰是最後一個看見她活著的？」

2 鬼老厲（curare），南美土著用番木鱉屬植物製成的箭毒，通常塗於箭頭；亦可做醫療之用。

3 即吉塞爾太太。

「他！」年輕的空服員指了指自己的夥伴。

「沒錯！」米契爾點點頭。「那時我去給她送咖啡。」

「她當時看起來怎樣？」

「我沒有特別注意。我給她遞上糖和牛奶，但她拒絕了。」

「這是什麼時候的事？」

「我不太確定。那時我們在英吉利海峽上空飛行。可能是將近兩點。」

「大約是兩點。」艾伯特·戴維斯那位年輕的空服員證實。

「你們下次再見她是什麼時候？」

「送上帳單的時候。」

「是在幾點鐘？」

「端上咖啡之後十五分鐘。我以為她睡著了……我的天！可見當時她已經死了！」

米契爾聲音打顫，十分恐懼。

「你當時沒發現這個嗎？」

傑派指了指像黃蜂一樣的小針。

「沒有，先生。」

「那你呢，戴維斯？」

「我最後一次看見這位夫人是送上餅乾和乾酪的時候。當時她還好好的。」

「你們是如何分工的？」白羅探問，「你們兩人各照顧一個客艙嗎？」

「不，先生，我們是一起工作的。我們一起端上湯，接著送上肉、蔬菜和沙拉，最後是甜點。通常，我們會先服務後艙，然後再去前艙。」

白羅點了點頭。

「這位瑪麗．莫里索夫人和哪個乘客說過話，或感覺上認識誰嗎？」傑派問道。

「我沒看見，先生。」

「你呢，戴維斯？」

「我也沒看見，先生。」

「在整段航程中，她離開過自己的座位嗎？」

「我想沒有，先生。」

「對這件事，你們都沒有什麼特別的發現嗎？」

兩個空服員想了想，然後一起搖了搖頭。

「好，那暫時就到這裡，等一會兒我再找你們談談。」

「發生這種事真令人懊惱，而且就在我當班的時候，太倒楣了！」米契爾嚴肅地說。

「沒人會責備你，」傑派警官安慰他。「但我同意你的說法，這件事確實很傷腦筋！」

他揮手讓空服員離開，白羅往前移動了一下。

「我想問一個小小的問題。」

「請說吧，白羅先生！」

「你們當中有誰發現過黃蜂在機艙裡飛？」

兩個人都搖搖頭。

「我沒看過什麼黃蜂。」米契爾聳了聳肩。

「是出現過一隻黃蜂，」白羅說，「我們在一位乘客的碟子裡看過。」

「可是，先生，我真的沒看到。」米契爾說。

「我也沒有。」戴維斯說。

「那沒事了，謝謝你們。」

兩個空服員走出房間以後，傑派快快瀏覽了一遍護照說：「飛機上還有一位伯爵夫人呢！我猜她就是那位狐假虎威的女人。最好在她失去控制以及咬住內政部質問警方辦案程序之前，先找她談談。」

「你們應當會仔細搜查後艙乘客的全部行李，尤其是手提包吧？」白羅問。

傑派向白羅愉快地使了個眼色。

「理由何在？你在想什麼呢，白羅先生？我們一定要找到那支吹管……如果真有這個東西，而且我們並不是在作夢的話。真是一場夢魘！這個矮個子的偵探小說家該不會忽然發了瘋，打算真正犯一次罪，而不只是在紙上談兵吧？毒針吹管？頗像他幹的。」

白羅先生懷疑地搖了搖頭。

「對！」傑派繼續說，「每個人都得搜查，不管他是否抗拒；一切隨身攜帶的物品也必須檢查。這是平面圖。」

「首先需要有一份精確的乘客名單，」白羅提出建議，「和一張乘客的物品清單。」

傑派好奇地瞅了他一眼。

「如果您認為應當這麼辦，那沒問題，白羅先生。我不太明白您的用意何在。我們一向知道要找的是什麼。」

「你們或許是，我的朋友，不過我沒那麼肯定。我也在找某件東西，但我不知道那是什麼。」

「你又來了，白羅先生！呵，您總喜歡使事情複雜化！我們現在就趁那位伯爵夫人還沒準備挖掉我的眼睛之前，叫她來談談。」

然而，霍伯里夫人此刻卻平靜多了。她大大方方地坐在指定給她的椅子上，不假思索地回答傑派警官的一切問題。她說她是霍伯里伯爵的夫人；她說她的第一個住址是薩塞克斯的霍伯里莊園，第二個住址是倫敦格羅夫納廣場三一五號。她是從盧比納和巴黎回倫敦的。死去的太太她根本不認識。飛行時，她沒發現任何異常。不管怎樣，她的座位是朝著另一面——飛機前艙，因此她不可能看見背後發生的事。她沒有離開過自己的座位。據她記得，前艙的乘客沒有人到後艙去過，兩名空服員除外。她隱約記得，好像有兩個男人曾離開後艙去過廁所，但她不能確定這一點。她沒發現任何人拿著類似吹管的東西。

「不，」她回答白羅先生的問題。「我沒發現飛機裡有黃蜂。」

霍伯里夫人離開後，接著是維妮塔．克爾。

克爾小姐的回答一如她的朋友。說她叫維妮塔．安妮．克爾，她的住址是。薩塞克斯郡霍伯里鎮小帕多克斯莊。她是從法國南方回來的，以前從未見過死者。不，整個旅程當中，她沒發現任何異常。是的，她曾看到某些乘客在驅趕一隻黃蜂，她認為，其中有個人打死了黃蜂，那差不多是午餐之後的事。

克爾小姐離開了。

「你對那隻黃蜂好像很感興趣，白羅先生。」

「一隻小黃蜂不值得重視，是不是？」

「如果你問我，」傑派警官改換了話題。「我可以告訴你，那兩個法國人一定跟這件案子有牽連。因為他們就坐在通道另一邊，瑪麗．莫里索隔壁。他們外表寒酸，破舊的皮箱貼滿了各種異國風格的外國標籤，一看就知道他們去過婆羅洲、南美或者別的什麼地方。當然，我們不了解他們動機何在，但我敢說，從巴黎那裡可以調查出來。我們會要求巴黎保安局協助辦理本案，他們要花的工夫我看是會比我們多。我可以告訴你，那兩個無賴絕對是我們的目標。」

白羅微微眨了眨眼。

「你說的這一切，警官，當然是完全可能的；但你的某些看法並不正確，我的朋友。這兩個人根本不是你所說的什麼無賴或暴徒。恰恰相反，這父子二人都是知識淵博、成就傑出的考古學家。」

「繼續說吧，您只是在騙我罷了。」

「絕對不是。我非常熟悉他們。他們是阿曼德．杜邦先生和他的兒子金．杜邦。他們有好一陣子在波斯灣的蘇薩遺址進行重要的發掘工作，不久前才回來的。」

「繼續說吧。」傑派抓了一本護照看了起來。「你說得對，白羅先生。」他表示同意。「但你得承認，他們看來真沒分量吧，不是嗎？」

「這是當然，大部分的名人都是如此。我自己——鄙人在下我喔，就曾被看作是一名理髮師！」

「不會吧？」傑派警官微笑道，「好吧，就來見見我們這兩位優秀的考古學家吧！」

老杜邦先生聲稱，他完全不認識死者。整個航程他都沒發現任何異常現象，因為他一直在和兒子討論一個有趣的話題。他沒離開過自己的座位。是的，午餐快結束的時候，他看見過一隻黃蜂；他的兒子打死了這隻黃蜂。金．杜邦先生證實了父親的說法，飛行途中，他根本沒去理會周圍發生的事。那隻黃蜂一直在騷擾他，所以他一下子就把牠打死了。

他們在討論什麼呢？近東的史前陶器。

在兩位考古學家之後進來的是克蘭西先生，顯然他來得很不是時候。正如傑派警官所判斷的，他對吹管和毒箭特別內行。

「你自己有這種吹管嗎？」

「唔，我……呃，嗯，是的，我是有一支。」

「真的？」傑派幾乎跳了起來。

矮小的克蘭西先生急得尖聲尖氣地叫嚷：「先生，您千萬別誤解，我沒有任何動機謀殺她！我可以解釋……」

「是的，先生，您是得解釋。」

「您知道，我以前寫過一本書，裡面就是用這種方法殺人……」

「當然囉……」

仍然是這種威嚇的口吻！

克蘭西先生慌忙說道：「在我的這本小說裡，關鍵都是在指紋——如果你知道我的意思的話。書中需要用圖說明，我是說指紋，指紋的位置，指紋在吹管上的形狀，你明白嗎？大約是兩年前，我在查令十字路的一家商店看見了這樣的吹管，我就買了一支……而我的一個藝術家朋友，跨刀幫我畫了一幅插圖——當然加上指紋——作為說明。我可以把這本《紅色花瓣的祕密》拿給您看。您也可以向我的朋友問一問這件事。」

「你還保存著這支吹管吧？」

「呃，是……呃，我想是的……是的，沒錯。」

「那麼它現在在哪兒呢？」

「嗯，我想，一定在某個地方……」

「你所謂的『某個地方』是什麼意思，克蘭西先生？」

「我的意思是，呃，放在某個地方，但不知道是什麼地方。我……我不是個很愛整潔的人……」

「你應該沒帶在身上吧？」

「噢，當然沒有！我已經半年沒看見它了。」

警官冷冷瞥了他一眼，繼續問話。

「您在飛機上離開過自己的座位嗎？」

「沒有，絕對沒有……不過——」

「啊哈，你離開過。去哪兒？」

「我去拿放在我外套口袋裡的布萊蕭鐵路時刻表。我的外套放在機尾的入口處旁邊，和一些毛毯、行李疊在一塊。」

「所以，您曾走過死者的座位？」

「不……好吧，算是走過。但這是在謀殺發生前很久的事。我記得那時我剛喝完湯。」

隨後的一切問題，回答都是「沒有」。克蘭西先生沒有發現任何可疑現象，他當時正全神貫注於設計一個橫跨全歐的完美不在場證明。

「不在場證明，啊？」警官陰沉沉地問道。

白羅插了進來，提了黃蜂的問題。

是的，克蘭西先生有看到黃蜂。牠也攻擊過他。他向來害怕黃蜂。

這是什麼時候的事？正好是空服員給他送上咖啡的時候。克蘭西先生向黃蜂一揮手，牠就飛走了。

留下了克蘭西先生的住址和姓名，他們就讓他離開了。他看來大大鬆了一口氣。

「我覺得他有點可疑，」警官下了斷語。「他有吹管哪！還有看看他那個樣子，簡直嚇壞了。」

「那是因為你給人家下馬威嘛，親愛的傑派！」

「如果一個人說的是真話，他根本用不著害怕！」這個蘇格蘭警場的警探厲聲反駁。

白羅遺憾地睨了他一眼。

「看來你還真相信這種說法。」

「當然相信，這是事實。現在，叫諾曼·蓋爾來吧。」

諾曼·蓋爾說出了自己的住址：馬瑟爾區，謝佛大道十四號。職業是牙科醫生。從盧比納度假回來，曾在巴黎停了一天，尋找新款醫療器材。

他以前從未見過這名死者，飛行期間也沒發現任何可疑的現象。他的座位是面對另一個方向——飛機前艙。有一次他離開座位去廁所，然後直接回到自己的座位，一次也沒走到後面。不，他沒見到任何黃蜂。

下一個進來的是詹姆斯・賴德，他神情急躁，欠缺禮貌。他到巴黎辦事，現在回來。他不認識死者。是的，他的座位就在她的正前方，可是他得站起來轉身才會看見她。不，他什麼也沒聽到，不管是哼聲，還是叫聲。除了空服員，誰也沒來過。沒錯，兩個法國人就坐在通道隔壁。整個旅程他們都在談話。其中年輕的那個在用餐結束時打死了一隻黃蜂；之前，他都沒看到。他不知道吹管長什麼樣子，他從沒見過諸如此類的東西，因此說不上誰有這種玩意兒……

有人敲門。一個警員洋洋得意地走了進來，顯然帶來了什麼東西。

「這是警佐剛剛發現的，長官，」他說，「你們應該會想要看一看。」

他從手帕裡小心翼翼地拿出他的戰利品放在桌上。

「警佐看過，上面沒有指紋，但他還是叫我小心一點。」

放在桌上的正是一支土人製作的吹管。傑派探長猛吸了一口氣。

「我的天！這是真的嗎？說句實話，我簡直不敢相信自己的眼睛！」

賴德先生頗感興趣，傾身向前。

「所以南美土人就是使用這種東西嗎？我從書本上知道有這種東西，可是從未見過。嗯，現在我能回答你們的問題了。我在飛機上沒有瞧見任何人手裡拿過這類玩意兒。」

「這是在哪裡找到的？」傑派問。

「它塞在一個座位下面。」

「哪一個座位？」

「九號。」

「很有意思！」赫丘勒・白羅說。

傑派朝他轉過身去。

「哪裡有意思？」

「九號是我的位子。」

「噢，我想，這對你有點不利。」賴德先生意味深長地嘟囔著。

傑派皺起了眉頭。

「謝謝您，賴德先生，沒事了。」

賴德出去之後，傑派轉身對白羅一笑。

「哈，原來是你幹的，老狐狸？」

「朋友，」白羅高傲地說，「若我想殺人，我才不會借助南美印第安人的箭毒。」

「用這種手段是不怎麼光明磊落！」傑派同意。「但它還是奏效了啊！」

「就是如此才令人氣結。」白羅說。

「不管是誰，總之他的運氣一定是好得驚人。沒錯，天啊，一定是如此。這傢伙一定是個狂人。唔，還剩誰要問？只有一個小姐。把她叫來吧，然後就可以結束這次訊問。珍・格雷，聽起來像是個古人。」

「她是個漂亮的小姐。」白羅說。

「是嗎，老色鬼？看來，你不是整晚都在睡覺囉，嗯？」

「她很漂亮，但很不自在。」白羅說。

「很不自在？」傑派警覺起來。

「噢，老兄，一個女孩子會感覺不自在，通常是為了男孩子，無關犯罪啊。」

「哦，好吧，你應該是對的。她來了。」

珍回答了一切問題，足以證明她的清白。她叫珍．格雷，在普魯東街安托萬先生的美容院工作。她的住址是倫敦北西五區，哈羅蓋特街十號。她是從盧比納回英國的。

「盧比納？嘿！」

隨後的問題扯出賭票的事。

「什麼愛爾蘭賽馬會，那根本該被禁掉！」傑派嘀咕了一句。

「我倒覺得好玩極了，」珍反駁說，「您難道從未花過半毛錢賭馬嗎？」

傑派面紅耳赤，看起來很糗。

他們回到正題。傑派向珍出示吹管。她說她從未看過這種吹管。她不認識死者，但在布爾歇機場上曾注意過這個婦人。

「您為什麼會注意到她呢？」

「因為她實在醜得嚇人！」珍老老實實地說。

她這邊沒什麼好問的了，因此他們讓她走了。傑派重新開始研究吹管。

「真是被打敗了，」他說，「竟然出現這種三流偵探小說的設計，接下來該找什麼呢？尋找一個到過出產這種東西的地方的人嗎？這種東西可能在哪兒製作呢？這得問問專家了。可能是馬來半島、南美或者非洲。」

「源頭可能是那些地方，」白羅說，「但如果你仔細瞧瞧，你在這裡可以發現一小片貼紙。看來像是撕剩下的價格標籤。我猜，這個特產是從原產地運來，購自某家古董店。這倒是讓我們的偵查容易一些。不過，我有個小問題。」

「說吧。」

「你還是會做一份清單……乘客們的物品清單吧？」

「現在，那東西已經不那麼重要了；但我們最好還是開列出來。你很看重這東西嗎？」

「是呀，我很納悶，相當納悶，不知可不可以找到什麼東西……」

傑派沒聽進去。他在檢查管柄上的價格標籤

「克蘭西說他買過這種吹管。哼，這些偵探小說家！總是把警察塑造成一群笨蛋，步步做步步錯；如果我就學書中那些警探那樣跟上司說話，那我明天馬上被踢出警局！全是一幫無知的三流作家！這凶手正是那種笨到極點的殺人犯，以為自己可以像那些垃圾作家想的一般安然脫身哪！」

04 驗屍審訊

瑪麗．莫里索夫人謀殺案在四天後舉行驗屍審訊。這個情節聳動的死亡事件引起了大眾的注意，因此法庭上的人擠得滿滿的。

首先訊問的是證人亞歷山大．蒂博特先生。他是一個身材高大的法國老人，黑鬍鬚裡已經攙雜了偌多銀絲。他講英語講得很慢，有輕微的口音，但大致來說是很道地的。

在一些例行問題進行完畢之後，驗屍官問他：「您已見過死者的屍體。你知道她是誰嗎？你認得她嗎？」

「知道，她是我的委託人，瑪麗．安吉莉卡．莫里索。」

「這是記在她護照上的名字，您知道她還有一般的名字嗎？」

「有的，我們都叫她吉塞爾太太。」

法庭上一陣騷動。記者們都振筆疾書。

驗屍官繼續問：「您能不能告訴我們，瑪麗・莫里索——或是吉塞爾太太，到底是什麼人？」

「『吉塞爾太太』是她做生意時用的代號。她是巴黎人人皆知的放高利貸業者。」

「她都在哪裡做生意呢？」

「在約里特街三號。那是她的私人寓所。」

「我們知道她經常到英國。她的生意已伸展到這個國家了嗎？」

「是的，她的許多客戶都是英國人。在英國社會的某些圈子裡，她的名聲十分響亮。」

「您所謂的『某些圈子』是指什麼？」

「她的客戶大都屬於上層階級或專業人士，都是必須嚴格要求安全謹慎的人。」

「她以行事謹慎著稱嗎？」

「她極端謹慎。」

「您是否相當熟悉她的業務內容？」

「不熟，我只處理她的法律事務。吉塞爾太太是個一流的生意人，完全能夠獨自處理自己的業務。她掌管了全部的事務。她也可以說是個性情十分古怪的女人，並且是相當知名的人物。」

「就你所知，她很富裕嗎？」

「十分富裕。」

「她有過仇人嗎？」

「據我所知，沒有。」

蒂博特先生走下證人席。接著傳喚亨利．米契爾。

驗屍官問：「您叫亨利．查爾斯．米契爾，住在旺茲沃思區休布萊克街十一號。」

「是的，先生。」

「您在國際航空有限公司工作嗎？」

「是的，先生。」

「您是普羅米修斯號飛機的資深空服員嗎？」

「是的，先生。」

「上星期二，十八日，中午十二點，你正在巴黎飛克洛敦的普羅米修斯號上值班。死者搭乘的正是這次航班。您以前見過她嗎？」

「是的，先生。大約六個月前，我在八點四十五分起飛的班機上看過她，這班飛機她坐過一兩次。」

「你知道她的名字嗎？」

「她的名字有列在我的乘客名單上，先生，但我沒有特別記住。」

「您以前聽說過『吉塞爾太太』這個名字嗎？」

「沒有，先生。」

「請把上星期二的事故為我們敘述一下。」

「我給乘客們送上午餐，先生，然後送上帳單。當時我以為這位夫人睡著了，所以想等到飛機著陸之前五分鐘再叫醒她。可是等我去叫她時，發覺她好像是死了還是得了重病似的。我打聽到飛機上有個醫生，他說……」

「我們待會就會聽取布賴恩醫生的證詞。請你瞧瞧這個好嗎？」

他們把吹管交給米契爾，他小心翼翼地拿著。

「你以前見過這個東西嗎？」

「沒有，先生。」

「你看過乘客拿著這個東西嗎？」

「沒有，先生。」

「艾伯特．戴維斯！」

年輕的空服員走上證人席。

「你叫作艾伯特．戴維斯，住在克洛敦的巴康姆街二十三號，你是國際航空有限公司的員工？」

「是的，先生。」

「上星期二，你在普羅米修斯號上值班嗎？」

「是的，先生。」

「你是從什麼人那兒知道這件事的？」
「米契爾先生那裡，先生。他告訴我說，他擔心一位女乘客出了事。」
「你以前看過這個東西嗎？」
戴維斯看了看吹管。
「沒有，先生。」
「你在哪個乘客手裡見過這個東西嗎？」
「沒有，先生。」
「航程中曾發生過什麼事，讓你覺得可以作為線索的嗎？」
「沒有，先生。」
「好，你可以走了。」
「羅傑．布賴恩醫生！」
布賴恩醫生報了姓名和住址，說明自己是耳鼻喉科醫師。
「布賴恩醫生，你可以告訴我們，十八日——上星期二——所發生的事情嗎？」
「就在即將到達克洛敦之前，空服員來到我面前，問我是不是醫生。他聽到我說是之後，就說有個女乘客病了。我站起身來，跟他走過去。那婦人癱在椅子上。她已經死了有一段時間了。」
「照你看來，她死了多久，布賴恩醫生？」

「應該至少有半個小時，頂多介於半小時和一小時之間。」

「關於死亡的原因，你有什麼想法嗎？」

「沒有，未經過詳細檢查，很難斷定。」

「你有注意到她頸邊的小點嗎？」

「有。」

「謝謝你……詹姆斯．惠斯勒醫生！」

詹姆斯．惠斯勒醫生是個骨瘦如材的小個子。

「你是本區的法醫嗎？」

「是的。」

「請說說你的檢驗結果。」

「上星期二，十八日，大約過三點不久，我接到了前往克洛敦機場的命令。在那裡我看到一個中年婦人，倒在普羅米修斯號的一個座椅上。這個女人已經死去，死亡發生的時間，我估計，是在一個小時以前。我也發現了她脖子側邊的小圓點，就在頸靜脈上。那樣的小點可能是黃蜂刺螫或者扎針留下的（後來他們給我看過那根針）。之後屍體搬進了停屍間，我在那裡進行了詳細檢查。」

「你有什麼看法？」

「我認為死亡是由於被害人的血液裡被注入了若干烈性毒藥，引起心臟痲痺。」

「你能不能告訴我們那是什麼毒藥？」

「那是一種我從未見過的毒藥。」

專注的記者們紛紛寫下「無名毒藥」。

「謝謝你……亨利．溫特斯龐先生。」

亨利．溫特斯龐先生身材粗壯，表情迷茫、稚氣，看來十分善良但一臉呆相。所以得知他竟然是首席國家分析師及國內稀有毒物的權威時，著實讓人受驚不小。驗屍官從桌上拿起那支致命的針，問溫特斯龐先生認不認識這個東西。

「認識。他們送來讓我分析了。」

「請談談你的分析結果吧。」

「我想，這支針原先已在鬼老厲——某些特定部落所使用的箭毒——所調製的毒液中浸泡過。」

記者們愈寫愈起勁。

「你認為死亡是箭毒引起的嗎？」

「噢，不是！」溫特斯龐先生說，「那上面其實只有極少量的鬼老厲。根據我的分析，此針最近還浸過非洲的樹蛇毒。」

「樹蛇毒？什麼是樹蛇毒？」

「這是一種南非的蛇，是當今存在的蛇類中最毒、最致命的蛇。牠對人類的直接影響沒人研究過，但我們根據下面這個例子可以斷定這種毒蛇的毒性：把這種毒物注入實驗用的非洲野狗身上，在注射針還沒抽出來之前，這條狗就死了，效果就好像遭受槍擊一般。這種毒會引起內部大量出血，使心臟停止跳動。」

記者的記錄如下：特殊事件。空中慘劇的蛇毒。比眼鏡蛇更致命的毒蛇！

「你以前聽說過有人用這種劇毒來殺人嗎？」

「從來沒有。這很耐人尋味！」

「謝謝你，溫特斯龐先生。」

威爾遜警探證明，吹管是在普羅米修斯號的一個座位下面找到。吹管上沒有指紋。針和吹管都做了必要的檢驗。吹管的射程大約十碼。

「赫丘勒．白羅先生。」

這引起了一陣小騷動。但白羅先生的證詞很短。他並未察覺任何異常；沒錯，是他在地上發現吹針的。若針是從已死婦人的脖子上掉下來，那掉在那個位置很自然。

「霍伯里伯爵夫人！」

記者們活躍起來，落筆紛紛：「貴族夫人關於空中奇案的證詞。」有些人則寫道：蛇毒祕密案件。」婦女報紙的記者們報導說：「雷伯里夫人戴上新款式的帽子，披著狐狸皮出庭。」或者說：「雷伯里夫人，倫敦最標致的女人，穿著黑色洋裝，戴著漂亮的新款帽子。」或者說：「雷伯里夫人，婚前的西塞莉．布蘭德小姐，穿著雅致的黑洋裝，戴著新式帽子。」大家都爭相目睹這位年輕貌美的女人——雖然她的證詞相當簡短。她什麼也沒發現，以前從未見過這個死者。

伯爵夫人之後是維妮塔，當然仍是乏善可陳。婦女報紙的記者寫道：「科特斯莫爾勳爵的女兒身著剪裁考究的外衣、裙子，配上最時髦的長襪。」並做出如下的標題：「上流社會婦女接受偵訊。」

「傳喚詹姆斯．賴德。」

「你叫作詹姆斯．貝爾．賴德，住在倫敦北西區柏連貝瑞街十七號。」

「是的。」

「詹姆斯．賴德，你從事什麼工作或職業？」

「我是埃利斯．維爾水泥公司的經理。」

「請你看看這個吹管好嗎？」（停頓一會兒。）「你以前見過這個東西嗎？」

「沒有。」

「你在普羅米修斯號上有看過誰拿著這樣東西嗎？」

「沒有。」

「你就坐在四號座位，正好就在死者前面吧？」

「要是如此，那又怎麼樣？」

「請你不要用這樣的語氣跟我講話！你坐在第四號座位，從你的位子上，可以看見坐在機艙裡的每個人。」

「不，並非如此。我看不見跟我坐在同一排的任何人。椅背很高嘛。」

「可是，如果他們當中有人走到通道上，然後用吹管瞄準死者，你能看見他吧？」

「當然。」

「那曾經出現這種情形嗎？」

「沒有。」

「坐在你前面的人有誰從座位上離開過嗎？」

「坐在我前面隔兩個位子的一個男人，起來上過廁所。」

「那是在跟你和死者相反的方向嗎？」

「是的。」

「他不曾往後走到你們這裡來嗎？」

「沒有，他回到了自己的座位。」

「他手裡拿著什麼嗎？」

「什麼也沒有。」

「你確定嗎？」

「很確定。」

「還有誰從自己的座位上站起來過呢？」

「坐在我前面的那個人，他往後走，經過我旁邊，走到機尾去。」

「我提出抗議！」克蘭西先生蹦跳起來，尖聲叫嚷。「這是很早的事，早得很，大約在午後一點！」

「請你坐下，」驗屍官說，「待會兒再說。繼續說，賴德先生。你有沒有看見這位先生手裡拿著什麼東西？」

「我想他拿著一支鋼筆，回來的時候，手裡多了一本橘黃色的小書。」

「他是跟你同排唯一去過機尾的人吧？而你自己離開過座位嗎？」

「有呀，我去上過廁所。而且手裡也沒拿吹管。」

「你的語氣十分不當。下去吧。」

牙科醫生諾曼．蓋爾先生對所有的問題做了否定的回答。然後，怒氣沖沖的克蘭西先生上場了。克蘭西先生的新聞性屬於次等選擇，可謂遠遜於那位貴族夫人。

「作家。」

「著名偵探小說作家供認購買致命武器。」

「在法庭上造成轟動。」

只是，說轟動實在是過早了。

「是的，先生，」克蘭西先生憤怒地大聲說，「我買過一支吹管，而且我今天把它帶來了。你們認為用來犯罪的吹管是我的，我要提出抗議！這就是我的吹管！」說著，他洋洋得意地從衣袋裡掏出吹管來。

記者們勉強來得及寫上：「法庭上的第二支吹管！」

驗屍官嚴厲地提醒克蘭西先生，說他到這兒來是為了幫助司法機關，而不是為了駁斥他自行想像的指控。對克蘭西先生的訊問，收效甚微。克蘭西先生囉囉嗦嗦地講了一大堆不必要的細節，說他對外國鐵道部門的古怪作風感到吃驚，說他怎麼可能二十四小時都在注意周遭發生了什麼。要是早讓他知道有蛇毒針這回事，整個機艙裡的人可能無一幸免！

助理美容師珍．格雷沒讓新聞記者們動筆太多。在她後面的是那兩個法國人。

阿曼德．杜邦先生聲稱，他是從巴黎飛往倫敦，他要在那裡的皇家亞洲協會演講。他和兒子正在聚精會神地談話，壓根沒注意周圍發生的任何事情。他從未注意到死者，是到了死者的屍體被發現，引起了騷動之後，他才曉得的。

「你看過莫里索夫人或者吉塞爾太太嗎？」

「不，先生，我以前從未見過她。」

「但她是巴黎的名人，不是嗎？」

杜邦老先生聳了聳肩。

「但我不知道她，我最近不常待在巴黎。」

「據我了解，你才剛從東方回來？」

「對，是這樣，先生。從波斯。」

「你和你兒子到過世界上許多未開發的地方吧？」

「對不起，你說什麼？」

「你到蠻荒地區旅行過？」

「是的。」

「你遇見過把蛇毒用在箭上的部落嗎？」

這個問題得翻譯一下，杜邦先生一聽明白問的是什麼，就堅決地搖頭。

「不，不，我從未遇見過這類部落。」

在他之後，他的兒子提供了證詞。

小杜邦的證詞幾乎是重複阿曼德．杜邦先生的說法。他認為死者很可能被黃蜂螫過。他自己討厭黃蜂，後來把牠打死了。

杜邦父子是最後兩名證人。

驗屍官清了清嗓子，就轉向陪審團。他說，在他審理過的案件當中，這是一樁最離奇、最不可思議的案件——一位婦人在空中被謀殺（可以排除意外和自殺的可能），在一個密閉的小空間裡！犯罪的不可能是飛機外面的人。殺人犯必定在今天早上訊問的那些證人當中。這是鐵的事實，一個極其恐怖駭人的事實。他們當中有人厚顏無恥地撒了謊。

這次謀殺是空前的膽大包天。在十個人，甚至十二個人眼前（如果空服員也算在內），殺人犯膽敢把吹管拿到唇邊，吹出致命的毒針，隔空取人性命，但竟然沒有人能夠發現。簡直是不可思議！可是一一出現的若干證物——吹管和毒針、死者脖子上的小圓點，以及醫生的鑑定，都證明這一切就是這麼發生的。由於缺乏能夠指控某個特定人物的有力證據，驗屍官只能建議陪審員們做出「故意謀殺特定人或不特定多數人」的判決。每個乘客都否認跟死者認識。現在警方的任務就是要查清什麼人可能和死者有關。因為還未能掌握犯罪動機，驗屍官只能建議陪審員們做出上述裁決。陪審員們現在可以對裁決進行討論。

一個四方臉的陪審員滿臉狐疑地往前移動一下，氣喘吁吁地問道：「我可以問個問題嗎，庭上？」

「當然。」

「你說吹管是在哪個座位下發現的？那是誰的座位啊？」

驗屍官看了看自己的記錄。威爾遜警佐朝他跨上一步，在他耳邊低聲說了什麼。

「哦，對了，是在赫丘勒．白羅先生的九號座位下。真是湊巧，白羅先生是一位聲名卓著、備受崇仰的私家偵探。唔，他曾經不止一次協助蘇格蘭警場辦案。」

四方臉的人把視線停在赫丘勒．白羅臉上。他狀甚不悅地瞪著那比利時人的美鬚良久。「原來是個外國人！」他的眼睛彷彿在說，「絕不能信任外國人，即使他跟我們的警方攜手合作過。」

「撿起毒針的就是白羅先生嗎？」他大聲問道。

「是的。」

陪審員們退席討論去了。過了五分鐘，陪審員們回到大廳，首席陪審員把一張紙條交給驗屍官。

「這是在搞什麼？」驗屍官皺了皺眉頭。「胡說八道，我不接受這個判決。」過了幾分鐘，修正過的另一份裁決重新送到了他的手裡。內容是：「我們認為這婦人是中毒身亡，但現有的證據還不足以確定誰是施毒者。」

05 審訊之後

珍在審訊結束後步出法庭。諾曼．蓋爾追上了她。

他說：「驗屍官不予理睬的那張紙條，到底寫了什麼？」

珍放慢腳步，瞅了諾曼．蓋爾一眼。

「我想我能告訴你。」他們後面有人答腔。

兩個年輕人轉過身去，瞧見了赫丘勒．白羅先生，他兩眼熠熠發光。

「那是一項判決，」那小個子說，「指控我故意謀殺。」

「噢，這怎麼——」珍大吃一驚。

白羅先生滿臉笑容地點了點頭。

「一點也沒錯。我們出來的時候，我聽見一個陪審員向另一個說：『那個矮個子的外國人——就是他幹的，你記住我的話！』我相信，其他陪審員也是這麼想的！」

珍躊躇了一下，不知道該表示贊同還是放聲大笑？她選擇了後者。白羅也領會地笑了起來。

「你們看，現在我得想想辦法恢復自己的名譽啦。」

他依然笑容可掬，點了點頭就走開了。

珍和蓋爾目送他漸行漸遠的身影。

「好一個怪人……」蓋爾說。「他說自己是個偵探。他要怎麼偵查案子呢？罪犯在一英里外就能認出他了。想像不出他能如何偽裝自己。」

「你對偵探的認識是不是過於落伍了？」珍問道。「那些假鬍鬚什麼的早已過時了。現在這個時代，偵探都是進行心理活動，只要坐著思考就可以了。」

「不用說，這比較不花力氣。」

「不花體力，或許；但是，無疑地，從事這種工作需要一顆清醒、靈活的頭腦。」

「當然囉，糊塗蛋是做不來的。」

兩人都笑了起來。

「我說，」蓋爾突然開口，面頰微微發紅。「你能不能……我是說，你能不能賞光……說實在的，已經稍微晚了一點……你跟我一塊兒喝個下午茶好嗎？我覺得……我們可以說是患難之交……而且……」

他囁嚅起來，心中責怪自己。「你怎麼啦，蠢貨，只是請小姐去喝杯茶，就紅臉結巴、出盡洋相！人家會對你有何想法呀！」

蓋爾的慌亂正好對比出珍的平靜和鎮定。

「十分感謝，」她隨口說道，「我很樂意去喝點茶。」

他們倆找到了一家小茶館，一個態度傲慢、輕蔑的女服務員陰沉沉地接受點餐，眼神好像在說：「如果你們感到失望，那就怪自己吧。有人說我們供應茶點，這我可沒聽過喔。」

茶館幾乎是空盪盪的，所以坐在這兒喝茶似乎更能拉近距離。

珍摘掉手套，望著桌子對面的同伴。他實在很迷人：碧藍的眼睛，討人喜歡的笑容。而且他非常可愛！

「這樁謀殺案怪得很。」蓋爾漫不經心地說。他還沒完全擺脫尷尬的情緒。

「是呀，」珍表示同感。「這使我很不安——就我的工作而言。我不知道同事們會有什麼看法……」

「可能吧，我還沒想到這一點。」

「安托萬美容院不會喜歡一個在謀殺案件中做過證人的員工。」

「人真是奇怪，」諾曼．蓋爾若有所思地說，「人生就是這麼不公平。要知道，這根本不是你的過錯……」他皺起了眉頭。「醜惡透了！」

「哦，事情還沒發生嘛，」珍提醒他。「用不著擔心還沒發生的事，不過，我想那些顧慮也不是沒道理，大家不免揣測：也許凶手正是她！據說人一旦開了殺戒，就會再殺一次、兩次、許多次；想想自己的頭髮是在這種人的手中所梳理出來的，的確是不太愉快。」

「人家一看到你，就會知道你不可能殺人。」蓋爾看著她真誠地說。

「我可沒把握，」珍反駁說，「如果不會被抓到，有時我真的很想殺死某些客人。尤其是有一個太太，她嚷叫起來好像長腳雞，老是嫌東嫌西，我有時真覺得把她殺掉是在做善事，而不是犯罪。你瞧，我的心多狠。」

「反正，這次人不是你殺的，」蓋爾說，「我能擔保。」

「我也能擔保不是你，」珍回答他。「但這對你沒幫助，如果你的患者以為你……」

「是呀，我的患者……」蓋爾露出沉思的樣子。「我想，你說得對，我真的沒想過。一個有殺人狂傾向的牙科醫生……的確，前途堪虞喔。」

突然，他衝口而出說：「你不介意我是個牙醫吧？」

珍抬起眼眉。

「我？介意？」

「我是說，牙醫總是給人一種滑稽的感覺，但它畢竟不是一種輕佻的行業。其他科別的醫生就讓人備受尊重。」

「不要灰心喪志嘛！」珍安慰他。「牙科醫生再怎麼說也比助理美容師高一等。」

兩人笑了起來。蓋爾坦率地說：「我覺得我們會成為朋友。你覺得呢？」

「是，我想是的。」

「也許，我們可以約個時間一塊兒吃晚飯，然後去看一場戲？」

「謝謝。」

短暫的停頓以後，蓋爾問道：「你在盧比納玩得愉快嗎？」

「很開心。」

「你以前去過那兒嗎？」

珍突然不避嫌地把買賭票和旅行的全部經過告訴了他。他們倆都認為，買賭票是一件很令人滿足和浪漫的事，而且同聲為那個缺乏同情心的英國政府感到悲嘆。然後他們倆的談話突然被一個穿咖啡色西服的年輕人中斷了。這個年輕人在他們還沒注意到他的時候，已經在周圍轉了幾分鐘。

他稍稍舉起帽子，言語流利地向珍說：「是珍．格雷小姐嗎？我是《怒吼週報》的代表。不知道你能不能就這個空中謀殺案為我們寫一篇短文，從乘客的觀點來寫？」

「我想不要吧，謝謝你了。」

「哦，別這樣嘛，珍．格雷小姐，我們會給你一筆不錯的稿酬。」

「多少？」珍問道。

「五十英鎊……或者可以多一些。六十英鎊。」

「不，」珍說，「我大概沒辦法。我不知道要寫些什麼。」

「哦，這無所謂。」年輕人輕鬆地說道，「你根本不必親自動筆。我們的一個同事會問你一些問題當作參考，然後便替你完成所有工作。你絕對用不著操心。」

「我還是一樣，」珍堅決地說道，「我沒有意願。」

「如果一百英鎊呢？聽我說，我真的會給一百英鎊！再給我一張你的照片就好。」

「不行，」珍說，「我不喜歡這種事。」

「我看你可以走了。」諾曼．蓋爾說，「格雷小姐不希望被打擾。」

年輕人滿懷希望地轉向他。

「蓋爾先生，是嗎？」他問。「這樣吧，蓋爾先生，如果珍．格雷小姐不願意，你要不要試一試？五百字，我們會付給你剛才我給珍小姐提出的那個數目。這可是對你有利的交易，因為一個婦女談論另一個被害婦女，比較具有新聞價值。我這是在給你機會喔！」

「我不需要，我不會寫下半個字。」

「即使不提報酬，這也是一種很好的廣告。『成功在望的牙科專家，光明的前程就在眼前』，你的患者都會看到這篇文章。」

「這一點，」諾曼．蓋爾冷笑一聲。「正好是我最忌諱的。」

「在現在這個年代，不做廣告是絕對不行的。」

「或許吧，不過要看宣傳的是什麼事情。我只希望我的患者不要看到報紙，可以永遠不知道我曾牽連在某件謀殺案裡。現在，你已得到我們兩人的回答。你是要悄悄離開呢，還是要我攆你走？」

「別生氣嘛。」年輕人說，他對威嚇全然不在乎。「晚安。如果你們改變了決定，請打個電話到編輯部給我。這是我的名片。」

這個年輕人隨即精神抖擻地朝門口走去，心想：「不壞，做了一段還過得去的訪問。」

（果真，下一期的《怒吼週報》上就刊登了一則內容豐富的報導：「兩個證人對空中謀殺案的感想」：珍小姐說她太過沮喪而無法談論這件事，這是一個極大的震撼，她連想都不願去想。諾曼．蓋爾先生長篇大論地談到謀殺案對一位專業人士的影響，他十分坦誠，並幽默地說，希望他的那些患者平日只看時尚版，而且坐在他診室裡的椅子上治牙時，不要疑神疑鬼。）

糾纏不休的年輕人走了之後，珍說：「為什麼他不去找那些比較重要的人物呢？」

「大概留到最有利的時機再找吧，」蓋爾陰鬱地推測。「也有可能他試過了，但是毫無所獲。」

他愁眉不展地坐了一兩分鐘，然後說：「珍……我現在開始要叫你珍，你不反對吧？珍，你認為是誰殺害了吉塞爾這個女人？」

「我毫無概念。」

「但你想過這件事嗎？認真的想過嗎？」

「不，我沒去想過。我只是想到自己的事，有一點擔心而已。我從未思考過誰是凶手的問題。直到今天我才領悟到凶手就是機上的其他乘客。」

「是呀，驗屍官把一切都說明白了。我可以確定不是我做的，也不是你做的，因為……因為我大部分時間都在盯著你。」

「是啊，」珍說，「我知道不是你做的——原因和你說的相同。當然囉，也不是我。可見，一定是其他人。我不知道是誰，毫無概念。你呢？」

諾曼．蓋爾一副若有所思的樣子，好像心中頗有困惱。這時，珍繼續說：「我不知道如何揣測起。我們什麼也沒看見……至少，我是沒看見。你呢？」

蓋爾搖搖頭。

「也沒有。」

「事情難就難在這裡。你的座位是面向另一方，而我一直往中間方向看。我是說，我一直在看……」

珍臉一紅，住口了。她想起，她的視線一直集中在一件淺藍色絨線衫上，而且她的心思離開了周圍的一切，全被穿淺藍色絨線衫的那個人占據了。

諾曼．蓋爾反覆思忖。

「真有意思，她幹嘛臉紅？她好迷人，我一定要和她結婚……是的……一定要……不過，用不著想得太遠。我已經想好一些藉口，好常去看她。這件謀殺案總會過去的。此外，我真得採取行動對付那個傲慢的記者和什麼廣告的……」

他大聲說：「我們想一想吧。誰可能殺死她呢？我們把每個人都討論一下。那兩個空服員？」

「不是。」珍回答。

「我同意。對面的那兩個婦人呢？」

「我不認為霍伯里夫人這樣的人會殺人。而另一個克爾小姐，也是出身高貴。不，我相信她不會殺死一個法國老婦人。」

「而且頂多只配做做獵狐隊的隊長。」蓋爾微笑一下。「希望你沒看錯，珍，再來就是那個鬍子先生。可是，根據陪審員的意見，他是最有嫌疑的，所以他可以剔除。是那個醫生吧？又不太像。」

「如果他想害死她，我想，他會選擇一種不留痕跡的毒物，讓誰也認不出來。」

「是——啊，」蓋爾有點懷疑。「這所謂無臭無味、不會留下任何痕跡的毒物，用起來當然很方便。但誰知道究竟有沒有這種毒藥存在。那個擁有一支吹管的小個子如何？」

「他非常可疑。不過他看起來很和善，而且他根本不必透露自己也有一支吹管。所以，看來他沒有問題。」

「然後是那個詹姆森……不對，唔，他姓什麼來著？賴德？」

「是的，可能是這個名字」

「那兩個法國人呢？」

「他們最有可能。他們去過一些特別的地區。他們可能有我們猜不到的動機。而且比較年輕的那個，顯得惶惶不安。」

「如果你殺了人，當然是會惶惶不安。」諾曼．蓋爾悶悶不樂地回答。

「他令人很有好感，」珍說，「他的父親也十分和藹可親。我希望不是他們。」

「看來，我們沒有多大進展。」蓋爾苦笑一下說。

「我們既然對死者的情況幾乎毫無所知，如何能有進展呢？她的仇人、她的財產繼承人，這些我們都不知道。」珍聳了聳肩。

「你認為我們只是在胡亂猜測？」

「不是嗎？」珍冷冷地回答。

蓋爾想了一想，慢吞吞地說：「這倒未必。我感覺也許會有點幫助……」

珍好奇地看著他。他說：「謀殺案不僅涉及罪犯和受害者，也影響到無辜的人。你和我就是無辜的人，可是謀殺的陰影已籠罩在我們身上。我們暫時都不知道它將如何影響我們的生活。」

珍一向是個冷靜的人，可是此刻突然打了個哆嗦。

「別說了，」她要求道，「你讓我害怕起來了。」

「我自己都有點害怕了。」蓋爾說。

06 交換意見

赫丘勒．白羅去拜訪自己的朋友傑派探長。傑派笑吟吟地歡迎他。

「老小子！」他大聲叫道，「你差點兒要被關在大牢裡啦！」

「我擔心，」白羅一本正經地說，「這樁事故可能要危害到我的職業聲譽了！」

「嗯——在小說裡，」傑派微微一笑。「偵探是有可能會變成罪犯。」

一個又高又瘦的人走了進來，此人有副略微抑鬱而精明的面孔。傑派介紹道：「這是法國保安局的富尼埃先生。他是來協助我們辦案的。」

「幾年前我曾有幸見過你，白羅先生。」富尼埃先生一面點頭，一面握手。「我也聽吉羅先生提起過你。」[4]

白羅微微一笑。白羅當然想像得到吉羅（他習慣謔稱他是一隻「獵狗」）會怎麼形容他。他回以謙抑的微笑。

「我邀請——」他說，「兩位到寒舍用晚餐，也請了莫里索太太的律師蒂博特先生——當然，如果你和傑派不反對我跟你們一起工作的話。」

「沒問題，老友。」傑派拍了拍白羅的肩膀說，「歡迎你和我們從頭幹起。」

「我們至感榮幸。」那法國人禮貌地說道。

「你們知道，」白羅說，「我剛剛才向一位迷人的小姐說，我得趕快恢復清白之身。」

「陪審員非常不喜歡你的長相。」傑派附和道，微笑起來。「很久沒聽過這麼好笑的笑話了。」

在這小比利時人招待朋友的晚宴上，大家都同意，在享用那些珍饈美食時，不談起有關本案的事。

「原來，在英國享用一頓美食是完全可能的。」富尼埃優雅地使用了主人貼心準備好的牙籤之後，這麼說道。

「太可口了，白羅先生！」蒂博特說。

「稍稍有點兒法國風味，但好吃透了！」傑派說。

「吃下去的菜餚應該讓它們輕輕躺在胃床上。」白羅說，「它不該加重你的負擔，也不會使你的思想麻痺。」

4 吉羅先生與白羅在《高爾夫球場命案》中有過精采的交手經驗。

「我的肚子從沒給我添過麻煩，」傑派說，「不過，我不反對這個看法。我們不要浪費時間，開始研究案情吧。我知道蒂博特先生今晚還有個約會，因此我認為，我們就先問他一些需要了解的問題。」

「敬請指教，先生們。無疑地，我在這兒說話比在驗屍法庭那兒自由得多。在審訊之前，我跟傑派探長倉卒地談了談，他要我在偵訊時只說一些基本的事實。」

「沒錯。」傑派證實說，「絕不要過早洩漏底牌。現在就請你談談這個吉塞爾吧。」

「說實話，我所知有限，知道的不比別人多，而且也只限於她對外的那一面。她的私生活，我幾乎就不清楚了。關於她，富尼埃先生也許能夠多說一些。但我要強調的是，吉塞爾太太這個人，絕對稱得上『是號人物』。她一向獨來獨往，關於她的歷史，我幾乎毫無所知。我有印象，她年輕時是挺漂亮的，只是出完天花破了相。據我觀察，此人貪嗜權力，也掌握權力。她是一個冷靜幹練的商人，一個個性實際的法國女人，從來不讓自己的感情影響事業；她是以辦事精明、正直聞名的。」

他轉過身去，看看富尼埃是否同意他的說法。富尼埃陰沉沉地點了點頭。

「沒錯，照她自己的概念，她是正直無欺的。只是，如果找得到證據的話，法庭也是很有興趣傳喚她澄清好些疑點。不過……」他抑鬱地聳了聳肩。「不過，那也只是多此一舉。人都有弱點嘛。」

「你指的是什麼？」

「Chantage[5]。」

「勒索？」傑派重問一聲。

「是的，變相的勒索。吉塞爾太太喜歡使用你們這裡所說的『本票』。無論借出多少錢，怎麼回收獲利，她都有自己的一套衡量標準。而且，我還可以告訴你們，她還有自己的討債手法。」

白羅好奇地往前傾過身去。

「正如蒂博特先生今天已經說過的。她的客戶基本上都是上層階級或專業人士。這些人是特別害怕輿論的。吉塞爾太太有自己的情報網……通常，在放款（自然是大筆數目）之前，她就收集有關客戶的資料，而她的情報系統也是非常優秀。我要重複一下我們這位朋友的話：根據吉塞爾太太自己的概念，她是正直無欺的。誰相信她，她就相信誰。我絕對相信她從不曾利用祕密情報去賺取金錢，除非這個人遲遲不清償向她借貸的錢。」

「你是說，」白羅說，「別人的祕密是她安全的保障？」

「正是如此，她利用這些祕密時是相當無情的。而我可以告訴各位，她的辦法很有效，她很少出現呆帳必須勾銷的情形。一個人，無論何種地位的男人或女人，只要能夠避免醜聞

5　法語，意思是「訛詐」。

外洩，是什麼都願意配合的。正如我已經說過的，我們都知道她的活動情況，但當真要起訴她……」他聳了聳肩。「那就困難重重了。你很難挑戰人性的弱點。」

「可是，假定說，」白羅很感興趣。「如果她終歸不得不勾銷呆帳呢？那會如何？」

「在這種情形下，她就公布她所掌握的情報，或者把這種情報轉交給其中有利害關係的人。」

現場出現片刻的沉寂。然後，白羅問道：「從財務觀點來說，這會給她什麼好處？」

「沒有，」富尼埃說，「沒有直接的好處。」

「有間接的好處嗎？」

「間接的好處，」傑派說出自己的推測。「就是迫使客戶及時償還債款，對吧？」

「完全正確，」富尼埃肯定地說，「這就是你們所謂的『道德作用』。」

「我要說，這是不道德的作用。」傑派說，「唔……」他若有所思地摸摸鼻子。「這是釐清謀殺動機的好線索，非常好的線索。現在，還有一個問題：誰會繼承她的財產？」他向蒂博特轉過身去。「這點你可以為我們說明一下嗎？」

「她有一個女兒，」律師說，「女兒跟母親不住在一起；我猜從這女兒還是孩子的時候起，她母親就沒見過她。不過許多年前，這母親就立下遺囑，說把一切（除了贈與傭人的一小筆數目之外）都留給自己的女兒——安妮．莫里索。就我所知，這位太太沒有再改變過遺囑。」

「她的財產很多嗎？」白羅提問。

律師聳了聳肩。

「約莫八、九百萬法郎。」

白羅吹了一聲口哨。傑派驚叫一聲。

「呵，她看來不像那麼有錢的人嘛！呃，換成我們的貨幣，會是多少呢……啊喲！超過十萬英鎊哩，哇！」

「安妮·莫里索小姐會成為百萬富婆。」白羅肯定地說。

「幸好她不在那架飛機上，」傑派乾巴巴地說，「否則會被懷疑她為了謀奪財產而殺害母親！她可能有幾歲呢？」

「我不大清楚，我猜大概是二十四、五歲吧。」

「看來，謀殺案和她無關。需要把重心放在敲詐勒索這個方向。飛機上的人都否認跟吉塞爾太太認識。他們當中有人撒謊。到底是誰呢？我們必須找出來。檢查她的私人文件，或許有點幫助，呃，富尼埃？」

「我的朋友，」富尼埃說，「我在電話上和蘇格蘭警場談過之後，立即去了死者家裡。她有一個裝著文件的保險櫃。到底，裡面的文件都已經燒掉了……」

「燒掉了？誰燒的？為什麼？」

「吉塞爾太太有一個十分信任的女傭人伊利絲。伊利絲得到過女主人的指示：如果太太發生什麼意外，就打開保險櫃（伊利絲知道如何開鎖），燒掉裡面全部的東西。」

「什麼！真令人不可置信。」傑派驚愕地搖了搖頭。

四個男人都默不作聲地想著死者的古怪性格。

蒂博特先生站了起來。

「我得先離開了，先生們，我要趕去赴約。任何時候，如果需要進一步的資料。我的住址你們是知道的……」

他跟大家緊緊地握了握手，就走出了房間。

07 必然性和可能性

蒂博特先生離開之後，三個留下的人都把座椅挪近桌子。

「那麼，」傑派說，「我們開始吧。」他擰下筆帽。「飛機裡有十一名乘客……我指的是後艙，前艙沒人到那兒去過；十一名乘客和兩名空服員，包括死者在內，共計十三人。所以是十三人當中的一人殺害了老婦。一部分乘客是英國人，一部分是法國人。我請富尼埃先生調查法國人，英國人由我自己負責。此外，還需要在巴黎進行探訪——這也是你的工作，富尼埃。」

「不，不僅在巴黎，」富尼埃提出異議。「每逢夏天，吉塞爾太太在法國海濱療養地都有許多事務：在多維爾、盧比納、維姆勒。她還會去南方的昂蒂布、尼斯。」

「很好的意見。我記得，普羅米修斯號的一兩個人提到過盧比納。那是一條線索。現在，我們直接轉到謀殺本身。我們看看，什麼人的位置最有可能使用吹管。」傑派匆促地收拾碗碟，攤開飛機平面圖，把它放在桌子中央。「好吧，我們首先分別看看每個乘客，討論一下必然性及——此項更為重要——可能性。我們從名單上除掉白羅先生，這就把可疑者的數目減少到十一人。」

白羅抑鬱地搖了搖頭。

「你過於信任別人啦，我的朋友。對任何人你都不應當輕信。」

「如果你那麼堅持，我們可以把你也算在內，」傑派溫和地表示同意。「我們來看看那兩名空服員。我覺得，從必然性來看，他們兩人毫無可能。他們不像是會借大錢的人，而且他們的記錄良好，都是高尚、頭腦清醒的人。如果其中哪一個與本案有牽連，我會感到十分奇怪。不過，從可能性而言，倒是應當懷疑他們：他們在飛機裡來來去去，能占據方便使用吹管的位置——亦即和死者成直角的地方。雖然我並不相信，在坐滿了人的飛機中，兩個空服員能夠射出毒針，而不被發覺。我憑經驗知道，大多數人都是像蝙蝠一樣魯莽行事，可是也總有個限度。瘋狂，簡直是瘋狂！竟用這種手法犯罪！要別人不發現，只有百分之一的可能。犯下這件罪案的那個人，運氣簡直好得出奇。在所有愚蠢的殺人方法中，這個方法……」

一直在旁閉目靜坐抽菸的白羅問道：「你認為這是個愚蠢的殺人手法？」

「當然，那根本是瘋了。」

「儘管如此，它還是奏效了。我們三個人坐在這裡只能討論，一點兒也不知道到底是誰犯了罪。這就是罪犯的成功之處。」

「那純粹是運氣，」傑派反駁道，「凶手一定失敗了五、六次以上。」

白羅不以為然地搖搖頭。富尼埃好奇地看著他。

「白羅先生，你有什麼想法嗎？」

「朋友，」白羅說，「我的看法是，事以成敗論英雄，這件案子讓凶手得手了，那就算成功了。那是我的觀點。」

「然而，」富尼埃深思道，「它簡直像是個奇蹟。」

「不管可不可能，反正，」傑派說，「我們是有驗屍證明、我們也有做案凶器。如果一個禮拜前，有人要我去調查一個被蛇毒箭射死的女人，我會當場笑掉大牙！簡直是汙辱，這件謀殺案根本是對我們的汙辱。」

「大概，殺人犯是個具有逆向幽默感的人，」富尼埃沉思地說，「了解犯罪者的心理狀態，對辦案具有莫大的重要性。」

一提到心理學，傑派就嗤之以鼻，他不喜歡也不信任這東西。

「這正好是白羅先生愛聽的話。」

「你們兩人所談的一切，我都感興趣。」

「我想，你並不懷疑那個老婦人是這樣被害的吧？」傑派疑心地問道，「我很了解你那些曲折的心思。」

「不，不，朋友，這一點我同意。我從座椅下面撿起的毒針就是致死的凶器——這是很確定的。但是，畢竟還有點別的什麼……」

白羅止住話頭，莫測高深地搖了搖頭。

「好啦，回到我們的正題吧，」傑派提議。「我們不能排除兩名空服員，但我認為，他們牽涉此事的可能性很小。你同意吧，白羅先生？」

「可見你還是記得我的話。我不排除任何人，每個人都有嫌疑。」

「隨你的便。現在來研究乘客。我們就從小廚房和廁所的對面那邊開始。第十六號座位。」傑派拿鉛筆在圖上戳了一下。「美容師珍．格雷，賭馬贏了錢，在盧比納玩了一陣。那表示那女孩是個賭徒，她可能陷入困境，向老太太借錢；但是，說她向吉塞爾借了一大筆錢，因而控制了她，那是不大可能的。對我們而言，這是一條最小的魚兒。我不認為一個助理美容師有機會取得蛇毒。染髮和按摩是不必用毒藥的。」

「也許使用蛇毒，是殺人犯的一個錯誤，它縮小了搜索的範圍。大概，在一百個人當中，只有兩個人具有毒藥的常識，並且能夠取得。」富尼埃說。

「那至少明確顯示了某件事。」白羅說。

富尼埃疑惑地瞥了他一眼。

傑派全神貫注地只顧想自己的事。

「殺人犯應當屬於兩類人當中的一類：或許是他到過世界各地，深入一些蠻荒地區，知道各種最致命的蛇毒，而且了解那些利用毒藥來和敵人鬥爭的部落風俗習慣——這是第一類。」

「第二類呢？」

「這就屬於科學領域了，屬於研究範圍。高級實驗室常用樹蛇毒來進行實驗。我向溫特斯龐先生請教過，蛇毒……說得確切一點，是眼鏡蛇毒，有時會用於臨床治療，用它來治療癲癇病，頗見成效。總之，蛇毒可以應用在許多科學研究上。」

「很有趣，也很有幫助。」富尼埃說，「好，我們繼續談吧。珍小姐不屬於這兩類。她既不像有謀殺動機，要弄到毒藥的機會也微乎其微。使用吹管的可能性也值得懷疑，幾乎是不可能，你們看看。」

三人都俯身在平面圖上。

「這是十六號座位，」傑派說，「而這是吉塞爾的二號座位。它們之間隔著許多座位和乘客。如果她不曾從椅子上站起來（而大家都肯定這點），她是無法用箭射中吉塞爾的脖子的。所以我認為，大可把她排除掉。

「好。她的前面是十二號座位。這是牙科醫生諾曼．蓋爾。同樣的，他也是一隻小蒼蠅罷了。雖然我認為他有較多的機會弄到毒藥。」

「這可不是牙科醫生習慣的注射方式。」白羅嘟囔著說，「畢竟是謀殺，不是治療。」

「牙科醫生很喜歡跟患者尋開心，」傑派說著微微一笑。「但我認為，某些人有時也會利用麻醉劑做一些不太乾淨的事，這個牙科醫生可能是其中一個；而且，他可能有一位科學界的朋友。不過從可能性來看，他有機會被排除。他從椅子上站起來，不過是為了上廁所，這是在另一頭。他從廁所回來，不可能越過兩個座位，用吹管射擊。要射中老太太的脖子，那根針必須會直角拐彎，而且聽從指揮。所以這位牙科醫生也算不上。」

「同意，」富尼埃點了點頭。「繼續吧。」

「通道另一面的十七號座位。」

「這是我原來的座位，」白羅說，「我把它讓給了一個希望和朋友坐在一起的太太。」

「那是維妮塔小姐。唔，她怎麼樣？她是一隻大蟲。她可能向吉塞爾借過錢。雖然看起來她不像是有不可告人之事的那種人。不過或許她把錢全部押在一匹馬或什麼的。我們對她要多留意。她的位置倒是合適的。如果吉塞爾稍微扭過頭去望著窗外，維妮塔就能按對角線輕而易舉地射擊（或者說『輕而易舉地吹出毒針』）。雖然擊中要害是要碰運氣。我懷疑她有沒有膽量這麼做。有些婦女喜歡秋季狩獵，她就是一個。我不知道使用土人的吹管時，火槍的射擊技術有無幫助。可能，在準確性方面要求是一樣的，得有敏銳的眼睛和實際經驗。維妮塔或許有些朋友——男友——在地球上某些神祕的地方打過獵。所以她可能收藏有土人的東西……這真是胡猜瞎想！毫無意義！」

「的確不太可能，」富尼埃表示同意。「克爾小姐……我在今天審訊時見過她，」他搖了搖頭。「我覺得謀殺案與她無關。」

「第十三號座位，」傑派繼續說，「是霍伯里太太，她可能是一匹黑馬。我對她略有所知，如果她藏有一兩樁邪惡的祕密，我不會感到奇怪。」

「我聽說，」富尼埃說道，「這位太太在盧比納玩巴卡拉牌時輸了很多錢。」

「聰明，她就是很可能和吉塞爾產生關係的人。」

「我完全同意。」

「好，目前為止進展還不錯。但她是怎麼做到的？她並沒有站起來。若在自己的座位上，她必須跪著、靠著椅背才能射出——還是在十個人眼睜睜望著她的情況下。活見鬼，我們往下看吧。」

「九號和十號座位。」富尼埃在圖上指了一下。

「白羅先生和布賴恩醫生，」傑派說，「白羅先生有什麼想要說的呢？」

白羅無奈地搖了搖頭。

「我的肚子，」他感慨地說，「唉，腦子有時只能聽肚子指揮。」

「我也是，」富尼埃同情地說，「每次坐飛機我都很不舒服。」他閉上眼睛，用兩隻手深深地壓住胸脯。

「那就談談布賴恩醫生吧。他怎樣呢？他是哈利大街的一隻大蟲。說他去找過這個放債的法國女人，這不太可能；不過，誰知道呢？然而，如果突然有一筆一生享用不盡的好買賣自己跑來了呢？在這裡，我的理論可就適用了。一個學醫的人在身強力壯、事業走上高峰的當頭，也就是說，生命之樹長得正茂盛的時候，一定會全心投入醫學領域的探究。他甚至可能不客氣地偷走一個盛著毒藥的試管，因為他有機會鑽進那些頭等實驗室……」

「那裡的東西都是要檢查的，我的朋友，」白羅反駁說，「這不像在草地上摘一朵金盞花那麼簡單。」

「聰明一點的話，隨便留下一點東西替代，檢查也就矇混過去了，這很容易辦到；而且像布賴恩這樣的人是不會受到懷疑的。」傑派堅持自己的看法。

「你的話挺有道理的。」富尼埃贊同地說。

「但有一點使人困惑莫解：他為什麼要引起注意？他為什麼不說這個婦人死於心臟衰竭、自然死亡就好？」

白羅咳嗽一聲。其他二人都疑惑地望著他。

「我認為，」他說，「那是醫生的第一個……印象。歸根究柢，那看來像是自然死亡，甚至可能是黃蜂刺螫的結果，因為那兒是飛來過黃蜂，你們記得吧……」

「這隻黃蜂很難被忘記，」傑派插進來說，「你總是提到牠嘛。」

「不管怎樣，」白羅繼續說，「恰好是我在椅子下面發現了那個萬惡的毒針，並且撿起了它，因此大家才認為發生了謀殺案。」

「毒針反正會被找到的。」傑派說。

白羅搖搖頭。

「若殺人犯悄悄地撿起它來，這樣就不會被發現了。」

「布賴恩嗎？」

「布賴恩或其他人。」

「嗯，這樣做就危險了。」富尼埃不表同意。「你這麼想，」他說，「是因為你知道這是謀殺。可是，如果當時判斷她是突然死於心臟衰竭，這時有人掉下手絹，彎下身去撿起來，誰會特別注意呢？」

「的確，」傑派表示同意。「我們一定要把布賴恩放在嫌疑者名單裡。他可以把頭轉過去，從對角線把毒針吹出去。但為什麼沒人看見呢？我不會再去深究這個問題了。不管凶手是誰，反正都沒人看見。」

「我認為，那是有原因的，」富尼埃說，「從我聽到的一切來判斷，」他微微一笑。「這種原因應該是白羅先生聽起來中意的——我指的是千鈞一髮的瞬間。假定乘火車旅行時，火車從一座著火的房子旁邊經過，全體乘客眼睛都望著窗外，每個人的注意力都集中在一定的東西上面。這時，如果有人掏出一把刀來，殺死了什麼人，我可以向你們保證，沒有人會知道殺人犯是什麼時候犯案、如何犯案的。」

「對，」白羅說，「我記得一樁案子，就有你說的那種千鈞一髮的瞬間。如果我們發現普羅米修斯號飛行時也有過這種瞬間……」

「我們查問空服員和旅客，可以弄清這一點。」傑派說。

「對。如果真有所謂千鈞一髮的瞬間，那麼按照事物的邏輯來看，那必定是殺人犯造成的。」

「沒錯，沒錯。」富尼埃說。

「好啦，我們把這記下來作為一個重要問題吧。」傑派說，「現在是八號座位——丹尼爾·邁克爾·克蘭西。」傑派說出這個名字，顯得很高興。「照我看來，這個人是最可疑的。還有誰會比偵探小說作家更容易對蛇毒『表露興趣』呢？他能要求某個不知情的化學家讓他接近藥品。你們不要忘記，克蘭西是乘客中唯一一個曾走過吉塞爾身邊的人。他能夠從很近的距離用吹管射出毒針，而不需要你們所謂『千鈞一髮的瞬間』。他大有可能安然脫身。他自己也說過他熟悉各種吹管。」

「或許是要混淆我們的判斷。」

「狡猾透了，」傑派說，「而他今天隨身帶來的那根吹管，誰知道是不是他兩年前買的那一根呢？這整件事情，我覺得相當蹊蹺。我認為一天到晚研究、構思犯罪或偵探小說的情節，實在很不健康。這很容易讓人胡思亂想。」

「作家畢竟要有某些點子嘛。」白羅笑謔地說。

傑派回到飛機平面圖。

「四號座位是賴德，他的座位正好在死者的前面，我不認為他有可能，但也不能不注意他。他上過廁所，回來時，他可能趁機從近距離發射。可是這麼一來，他等於要站在兩位考古學家旁邊，他們或許會注意到——在不得已的情況下。」

白羅沉思地搖了搖頭。

「你熟悉的考古學家大概不多吧？一旦他們真的在熱烈討論某個主題時，那麼，我的朋友，他們對周圍的世界就成了瞎子和聾子。他們生活在大約西元前五千年，對他們來說，西元一九三五年根本就不存在。」

傑派半信半疑。

「好啦，我們來談談他們兩個吧，你對杜邦父子了解有多少，富尼埃？」

「阿曼德・杜邦先生是法國最著名的考古學家。」

「這對我們毫無幫助。據我看來，他們的位置對行凶最有利——在通道的另一面，而且稍在吉塞爾前面一點。再者，他們在世界上東奔西跑，在偏遠的地方挖掘古物，他們應該能夠輕而易舉地從土人那兒尋到蛇毒！」

富尼埃疑惑地聳了聳肩。

「杜邦先生把全副精力放在自己的工作上，十分狂熱。他原是個古董商，為了獻身發掘工作，放棄了蒸蒸日上的古玩生意。他們兩人——他和他兒子——全心全意地貢獻在考古專業上。我覺得他們不太可能——我不是說絕不可能，自從發生了轟動一時的斯塔維斯基案件，我已相信任何事都有可能——不像是會涉入本案。」

「好吧！」傑派下了結語。

他拿起一張做了記號的紙片，咳嗽兩聲清了清嗓子。

「以下是我們的討論結果：珍．格雷，必然性——極小，可能性——實際上沒有。蓋爾，必然性——極小，可能性——實際上也沒有。克爾小姐，完全不可能。霍伯里太太，必然性——有，可能性——實際上沒有。白羅先生，幾乎可以肯定就是他，他是飛機上唯一能夠製造『千鈞一髮的瞬間』的人。」

傑派被自己的小小玩笑逗得挺樂的。隨後，傑派繼續說：「布賴恩，必然性和可能性都有。作家克蘭西，動機可疑，必然性和可能性極大。賴德，必然性——可疑，可能性頗大。杜邦父子，必然性——從犯罪動機看極小，但他們倆可能弄到毒藥。好啦，對我們來說，我認為這是還算不壞的研究成果。現在需要進行大量的訪查工作。我將以克蘭西和布賴恩開頭，查明他們以前是做什麼的，是否缺過錢，近來是否心緒不佳或者憂慮什麼，弄清楚他們最近一年的活動等等，再來是賴德，對他也要這麼辦，其他人也不可豁免，我會讓威爾遜去調查。富尼埃先生就負責杜邦父子吧。」

法國警探點了點頭。

「請放心，我一定達成任務。今晚我就回巴黎。我認為，還可向吉塞爾的女傭伊利絲打聽一點什麼。我會仔細調查吉塞爾的一切活動情況，如果清楚這個夏天她到過哪兒，那就好了。據我所知，她到過盧比納一兩次。或許可以得知嫌疑人等中有誰與吉塞爾有過接觸……總而言之，要做的事還很多。」

傑派和富尼埃看了看正在深思的白羅。

「你要參加這些工作嗎，白羅先生？」傑派問道。

白羅一下子清醒過來。

「是呀，我想隨富尼埃先生去巴黎。」

「太好了！」法國人說。

「你有什麼打算呢？」傑派大惑不解地瞧了瞧他。「你剛才一直沒吭聲。是不是有什麼想法？」

「是有一兩個想法，一兩個，不過都挺難解決的。」

「說來聽聽吧！」

「有件事情使我很困擾，」白羅慢吞吞地說，「就是關於發現吹管的地方。」

「那還用說！由於這一點，你差點兒被關起來啦！哈哈！」

白羅搖了搖頭。

「我指的不是這個。我感到奇怪的並不是吹管為何在我的位子下面發現，而是為什麼是在椅子下面發現。」

「我看這沒有什麼奇怪的，」傑派說，「不管凶手是誰，都得把它藏起來。他不能冒險讓人在他身上搜到吧。」

「那是當然。可是，當你查看飛機的時候，我的朋友，你應該曾經注意到，雖然窗子不能打開，但每扇窗子都有一個氣眼，一個小小的圓孔，只消把旋鈕扭轉一下，圓孔就能打開或關上。要把吹管丟出去，經由這些圓孔是絕對沒問題的。用那種辦法丟掉吹管，不是更簡單嗎？吹管往下掉到地面上，那就永遠不可能被發現了。」

「我能提出反駁意見：殺人犯擔心別人發現他的舉動。如果他把吹管推出氣眼，有人會看見的。」

「這樣啊，」白羅說，「他不怕人家看到他把吹管拿到唇邊對準某個目標吹出毒針，反倒害怕把吹管推出窗子時被人看見？」

「這聽起來是很荒謬，我同意，」傑派說，「然而事情就是這樣。他就是把吹管塞到座椅底下。」

白羅沒有回答，富尼埃好奇地問道：「這使你產生什麼想法嗎？」

白羅肯定地點了點頭。

「某種推論的雛形出現了。」

他失神地把一個沒用過的墨水瓶擺正，剛才傑派那粗魯的手把它碰歪了。然後，他猛然抬起頭來，問道：「順便問問，我要的那份乘客物品的詳細清單你弄好了嗎？」

08 物品清單

「我說話向來算數！」傑派揚聲說道。他把手伸進衣袋，拿出打字機打得密密麻麻的一疊紙來。「拿去吧！全在這裡，連一點小東西都沒遺漏。我在裡面發現了一件奇怪的玩意兒。等你看完再說。」

白羅把紙攤在桌上，開始仔細查看。富尼埃挪近一些，在白羅肩後看了起來。

詹姆斯．賴德

衣袋——亞麻布手帕（手帕上有一個「J」字記號）；皮夾子，內有七張一英鎊的鈔票和三張名片；合夥人喬治．埃伯曼的一封信，信中希望「貸款順利達成……否則將陷入困境」；署名莫蒂的一封信，約定第二天晚上在特羅卡德羅見面（廉價信紙，字很醜）；銀質菸盒、一盒火柴、鋼筆、一串鑰匙、耶魯匙、法幣、英幣。

旅行皮箱——許多水泥業務的商業文件、一本《無用的人生》（在英國歸為禁書）、一盒感冒特效藥。

布賴恩

衣袋——兩條亞麻布手帕，皮夾子裡有二十英鎊和五百法郎。

行事曆、菸盒、打火機、鋼筆、英幣、法幣、耶魯匙、一串鑰匙。

一支放在套子裡的長笛、《本維努托．塞里尼回憶錄》和《耳疾》。

諾曼．蓋爾

衣袋——絲手帕、皮夾子裡有一英鎊和六百法郎、法國兩個牙醫器械公司的名片、空的「布賴恩暨梅伊公司」火柴盒、銀質打火機、歐石南菸斗、橡皮菸袋、鎖匙。

旅行皮箱——白色的亞麻上衣、兩個很小的治牙鏡、一包治牙棉花、《巴黎生活》、《汽車》、《河濱雜誌》。

阿曼德．杜邦

衣袋——一只內有十英鎊和一千法郎的皮夾子、一副放在鏡盒裡的眼鏡、一條棉織手帕、一包香菸、一盒火柴、放在盒子裡的名片、牙籤。

旅行皮箱——給皇家亞洲協會的演講手稿、兩本德語考古學書、兩張陶器草圖、一個漂亮的空心吹管（據說這是庫爾德人的菸管）、小的藤製托盤、九張陶器照片。

金・杜邦

衣袋——一只內有五英鎊和三百法郎的皮夾子、菸盒、象牙菸嘴、打火機、鋼筆、兩枝鉛筆、歪歪斜斜寫了一些符號的小本子，還有一封署名「馬里納」的英語信，邀請杜邦到托特納姆街一家飯店吃飯，以及法幣。

克蘭西

衣袋——手帕（已被墨水弄髒）、鋼筆（漏水）、內有四英鎊和一百法郎的皮夾子、三份不久前的犯罪案件（一件砒霜下毒和兩件盜竊案）的剪報、兩封詳細記述農村經濟情況的家書、行事曆、四枝鉛筆、削鉛筆刀、三張收據和四張未付的帳單、一封寫在「米諾陶號」專用信紙且署名「戈登」的信、從《泰晤士報》剪下而未完全解答的縱橫字謎、寫滿劇情構思的筆記本，以及義大利、法國、瑞士和英國硬幣，還有那不勒斯旅館收據和一大串鑰匙。

外套口袋——《維蘇威火山頂謀殺案》小說手稿、《布萊蕭鐵路時刻表》、高爾夫球、一雙短襪、牙刷、巴黎旅館收據。

克爾小姐

手提包——口紅、兩個菸嘴（一個是象牙雕刻的，另一個是玉石的）、粉盒、菸盒、一盒火柴、手帕、兩英鎊、零錢、信用狀、幾把鑰匙。

鯊魚皮梳妝盒——瓶子、刷子、梳子、修指甲的器具、小袋子（裝著牙刷、海綿、牙粉、肥皂）、大小剪刀、親友從英國寄來的五封信、陶赫尼茨的兩本小說、兩隻西班牙獵狗的照片、《時裝》和《家務》雜誌。

珍小姐

手提包——口紅、胭脂、粉盒、門鎖鑰匙、皮箱鑰匙、鉛筆、菸盒、菸嘴、一盒火柴、兩條手帕、盧比納旅館收據、《法語成語》、裝有一百法郎和十先令的皮夾子、英幣、法幣、兩枚價值五法郎的賭場籌碼。

旅行外衣的口袋——六張巴黎風景明信片、兩條手帕、一條絲圍巾、署名「格拉蒂斯」的信、一小包阿斯匹靈。

霍伯里太太

手提包——兩支口紅、一盒胭脂、一個粉盒、手帕、三張面值一千法郎的鈔票、六英鎊、法幣、鑽石戒指、五張法國郵票、兩個菸嘴、帶套的打火機。

化妝盒——美容用品、一套修指甲的精巧器具（金色的）、一個不大的瓶子，瓶上有墨水的標籤「硼酸」。

白羅看完清單的時候，傑派指著最後一行說：「我們的人很聰明，他覺得那個東西跟其他物品放在一起很不協調。去他的硼酸！那瓶子裡裝的是古柯鹼！」

白羅的眼睛睜大了一點。他會意地點了點頭。

「那或許和本案沒什麼關聯，」傑派說，「但不用我告訴你，一個慣於服用古柯鹼的女人，在道德方面是有弱點的。我認為，她的頭銜能讓她為所欲為。但我不相信她有殺人的勇氣；老實說，我看不出她有這種可能。這案子真棘手。」

白羅把所有的紙收集起來，又重看一次，然後舒了一口氣。

「看完這份清單後，」他說，「已可以很清楚地看出犯罪者是誰。但我還想不透此人動機何在，以及如何執行。」

傑派瞪著他。

「你是說，看完這份清單後，關於誰是凶手你已經有了想法？」

「是的。」

傑派從白羅手裡拿過清單重新看了一遍，同時一頁一頁地遞給富尼埃。最後他把紙拋在桌上，睜大眼睛問白羅。

「你不是在騙我吧，白羅先生？」
「不，不，怎麼會呢！」
這次換那法國人把一疊紙擱到桌上。
「你有什麼意見，富尼埃？」
「也許是我笨，」他搖搖頭說，「但我並不認為這份清單有什麼幫助。」
「不是清單本身，還要配合之前我們得到的線索。不懂？呃，或許是我錯了，大錯特錯……」
「好啦，把你的想法說出來吧！」傑派說，「我很有興趣聽聽。」
白羅搖了搖頭。
「不，正如你所說，這暫時只是想法，純粹的想法。我希望在清單裡找到某種東西，而且很順利，我也找到它了。它就在那裡，但指涉的方向與我設想的背道而馳。正確的線索，錯誤的人。這表示我們還有許多工作要做，而且說真的，前面仍有許多障礙，我還找不到我的方向。線索都已一一浮現，並以它們自己的方式呈現意義……你們看不出來？是呀，我知道。那我們就依自己的看法各自發揮吧。我還沒有任何定見，暫時只有懷疑……」
「我覺得你是在胡言亂語！」傑派站起來說，「好啦，今天就談到這裡吧。我在倫敦工作，你回巴黎，富尼埃。那你呢，白羅先生？」
「我仍想和富尼埃先生前往巴黎——比先前更想去了。」

「比先前更想去！我倒想知道，你的腦袋瓜裡究竟裝了什麼亂七八糟的東西。」

「亂七八糟的東西？這麼說就不對了！」

富尼埃立起身來，彬彬有禮地跟大家握了握手。

「祝你晚安。謝謝你的盛情款待。我們明天早上是不是在克羅登碰頭？」

「正是。A demain[6]！」

「但願，」富尼埃打趣地說，「我們不至於在路上遭人謀殺！」

傑派和富尼埃走了。白羅出神地發呆了一會兒。然後，他站起身來，收拾了碗碟，倒掉了菸灰缸裡的菸頭，把椅子擺放好，然後走到一張角桌前，拿起一本《特寫集》。

他一頁一頁地翻閱過去，終於看到他所要的東西。

「兩個太陽崇拜者，」那標題寫著，「霍伯里伯爵夫人和雷蒙德·巴勒羅夫先生遊覽盧比納。」他們穿著雅致的游泳衣，他們都叉著兩隻手，明亮的陽光照著他們倆的笑臉。

「我看，」赫丘勒·白羅自言自語，「大概得從這方面下手……是的，可能需要。」

6　法語，意思是「明天見」。

09 伊利絲・格蘭迪

翌日，天氣晴朗、無風，甚至連赫丘勒・白羅也不得不承認，他的「肚子」平順極了。

他們搭乘八點四十五分的班機飛往巴黎。除了白羅和富尼埃之外，飛機上還有七、八個乘客。富尼埃利用這次航行做了一些試驗。他三次從衣袋裡取出一小截竹子，把它拿到唇邊，對準一定的方向轉動。一次他把身子彎出椅子的扶手，一次把頭稍轉到一邊去；一次是從廁所回來時。每一次，他都感覺到乘客詫異地看著他。在最後一次試驗時，每個乘客的目光已經全集中在他身上。

富尼埃坐在自己的椅子上，顯得有點沮喪，但看到白羅樂呵呵的，他也稍覺欣慰。

「覺得很好笑，是不是，我的朋友？可是，你也同意有時得做些實驗吧？」

「當然，你的鑽研精神實在令人欽佩！實地取證是最準確的了，你扮演了那個吹管殺人犯的角色。結果極其明顯：每個人都在看你。」

「不是每一個。」

「從某種角度看來，的確不是。每一次試驗都會有人沒看到，可是若要成功的殺人，這是不夠的。你必須絕對確定沒有一個人會看到。」

「在一般情況下，這是不可能的。」富尼埃說，「所以我還是認為，那次飛行時一定有特別的情況出現——有千鈞一髮的瞬間！那一瞬間，大家的注意力全都集中在某件事上。」

「我們的傑派探長會在這問題上窮究到底。」

「你不認同我的看法嗎，白羅先生？」

白羅遲疑了一下，然後慢慢地說：「我同意有，一定有某個千鈞一髮的瞬間出現，以致無人看見殺人犯行凶，但我的理路和你有點不同。我感到在這樁事情上，親眼所見或許還不足為信。你閉上眼睛吧，我的朋友，不要張開。運用你那內在的視覺，而非感官，讓灰色腦細胞發揮作用，讓大腦告訴你究竟是怎麼回事。」

富尼埃不解地瞪著他。

「我不懂你的意思，白羅先生。」

「因為此刻你是根據眼見的事實去做結論。直觀只會使你遠離真相。」

富尼埃又搖了搖頭，懇求地揚了揚手。

「我投降了。我還是不懂你的意思，白羅先生。」

「我們那位吉羅先生一定會勸你別理會我的怪脾氣。『坐而言不如起而行，』他一定會這樣說，『窩在一張安樂椅上空想，是那種過氣的老頭子才會採用的方法。』但我必須說，沒有經驗的獵犬若急不可待地順著新的蹤跡追趕，是很容易受騙上當的，他終究會發現，他追逐的只是一條擾亂注意力的燻青魚。我給你提的是個很好的建議。瞇起眼睛吧！」

接著白羅往後一仰，閉上眼睛，似乎是為了思考一下；但過了五分鐘……他卻睡著了。

一到巴黎，他們立即前往塞納河南岸的若列特街。

那門牌十三號的房子和左鄰右舍沒有任何區別。一個上了年紀的門房讓他們進去，卻用很不高興的態度接待富尼埃。

「又是警察！只會找麻煩罷了，這座房子的名聲都給敗壞了！」他嘮叨了一下，就回到自己的小室裡去了。

「我們到吉塞爾的辦公室去吧，」富尼埃建議說，「是在一樓。」

他一面從衣袋裡掏出鑰匙，一面說明，在等待英國同事送來訪查結果之前，法國警察局採取了預防措施——上了鎖，封了門。

「我擔心的是，」富尼埃說，「我們在這兒找不到任何有幫助的東西。」

他取掉封條，開了門，於是兩人走了進去。

吉塞爾的書房是一個窒悶的小房間。角落裡立著一個舊式保險櫃、一張辦公用的寫字桌以及幾把布面相當破舊的椅子。唯一一扇骯髒的窗子勉強透進一點兒陽光，看來這扇窗子從來沒打開過。

富尼埃環視一下，聳了聳肩。

「你看見了嗎？」他說，「什麼也沒有，根本什麼都沒有。」

白羅繞過桌子，在一把椅子上坐下，看了看富尼埃。然後，他在桌子上輕輕地用手抹一下，又在桌子下面摸一摸。

「這裡有個電鈴。」他說。

「是呀，是用來呼叫門房的。」

「哦，這是聰明的防衛辦法。萬一哪天哪個客戶發起脾氣……」

白羅接二連三地拉開書桌的抽屜，裡面是一些辦公用品、日曆、鋼筆、鉛筆，卻沒有任何私人性質的東西。他不作聲地看了看這些用品，就把抽屜關上了。

「我不想重新搜查一次而使你丟臉，我的朋友。如果這裡可以找到什麼，你已經找到了。」他瞥了保險櫃一眼。「好像不是很安全，是嗎？」

「一件相當陳舊的東西。」富尼埃表示同感。

「它已經空了嗎？」

「是的，女傭人把一切都銷毀了。」

「噢，對啦！一個得到信任的女傭人……我們應當見一見她。」白羅站立起來。「走吧。去瞧瞧這個忠心耿耿的女傭人。」

伊利絲・格蘭迪是個中年女人，身材矮胖，有一副歷盡風霜的紅面孔和兩隻靈活的小眼睛；她的眼睛在富尼埃和白羅身上迅捷地來回掃視。

「請坐吧，格蘭迪太太。」富尼埃說。

她平靜而穩重地道了聲謝，就在一把椅子上坐下。

「白羅先生和我是今天從倫敦飛來的。昨天進行了審訊，也就是關於吉塞爾太太死亡案件的審訊。警察局毫不懷疑吉塞爾太太是被毒死的。」

這法國女人悲傷地搖了搖頭。

「先生，你們所說的一切太可怕啦。太太被毒死？誰預料得到這種事啊？」

「或許，那就是我們要借助你的地方……」

「當然囉，先生。我會盡我所能協助警方。但我真的什麼也不知道，一點也不知道。」

「你知道吉塞爾太太有仇人嗎？」富尼埃突然問道。

「胡說。太太為什麼會有仇人？」

「格蘭迪太太，」富尼埃冷冷地說，「放高利貸的人經常都會招惹某些麻煩。」

「不瞞你說，太太有些客戶有時是挺不講理的。」伊利絲說。

「他們來這兒吵鬧過嗎？恐嚇過嗎？」

「不，不，這一點你想錯了。他們不過哼一哼，發發牢騷，表示抗議，他們無法償清債款。」伊利絲的聲音裡含有輕蔑的意味。「可是最後仍舊付清了。」她滿意地把話說完。

「吉塞爾太太是個沒有憐憫心的女人，」富尼埃似乎在喃喃自語，「你同情她的受害者嗎？」

「受害者，受害者……」伊利絲忍不住說，「你不了解。欠債有時是難免的，可是，難道能夠借錢來擺闊，然後把它當作是人家的捐贈？這是令人無法理解的。太太一向公平、正直。她借錢出去，然後等人家償還。難道這不對嗎？她自己從來沒有借過錢。從來沒有逾期未付的帳單。你說太太沒有憐憫心，這你就錯了。太太是善良的，一些貧寒的修士如果找她，她總是周濟他們；她曾捐款給慈善機關；門房喬治的老婆患了病，太太甚至出錢讓她在鄉村醫院裡住院治病。」伊利絲停住，氣得面紅耳赤。「你……你不了解，不，你完全不了解太太。」

富尼埃等女傭人的怒氣平息以後，說：「太太的客戶通常都不得不在最後把錢償還給她。你知不知道太太用什麼辦法迫使他們還債？」

伊利絲聳了聳肩。

「我一點也不知道吉塞爾太太的業務，先生，壓根兒不知道。」

「你知道的夠多了，因為把太太的文件燒掉的就是你！」

「我是遵照她的指示辦事。她曾囑咐過我。如果她發生什麼事，如果她在離家很遠的地方死了，我就應當馬上銷毀一切業務文件。」

「就是樓下那個保險櫃裡的文件嗎？」白羅問道。

「是的，先生。她的業務文件。」

「那些文件原先在樓下的保險櫃裡嗎？」

他的追問使伊利絲滿臉通紅。

「我一切遵照太太的指示辦事。」她重說一遍，然後執拗地把嘴一撇。

「對，這我知道，」白羅微微一笑說，「可是保險櫃裡的文件不見了。是這樣嗎？這個保險櫃太舊了，甚至誰想打開就能打開它。文件是保存在其他地方吧……也許在太太的臥室裡？」

伊利絲沉默了一會兒，然後說：「是的，先生。太太經常在客戶面前假裝文件是收藏在保險櫃裡，可是實際上一切都在臥室裡。」

「你能指給我們看看究竟在哪裡嗎？」

伊利絲站起身來，兩個男人跟隨她走去。

吉塞爾太太的臥室是一個相當寬敞的房間，但擺滿了華美而笨重的家具，使得轉身都很困難。

角落裡放著一個古老的大箱子。伊利絲揭開箱蓋，取出一件舊式的羊駝呢洋裝。和一條絲織的短裙。衣服的內面有一個很深的袋子。

「文件是藏在這兒的，先生，」伊利說，「在一個封了口的大封套內。」

「三天前我問你的時候，你根本沒有向我談到這一點。」富尼埃很不客氣地說，顯然既抱怨又惱恨。

「請你原諒，先生。你問我理應放在保險櫃裡的文件跑哪兒去了，我回答說把它們燒掉了，這是真的。至於這些文件原來究竟藏在哪兒，我認為這是無關緊要的。」

「對，」富尼埃說，「可是你明白，格蘭迪太太，那些文件是不應該燒掉的。」

「我聽從太太的指示啊！」伊利絲悶悶不樂地說。

「我知道你竭力想把任務完成，」富尼埃安慰她。「但是，現在我希望你仔細聽好，女士——吉塞爾太太被害死了。她可能知道凶手的某些醜行。這『醜行』可能就在你燒掉的文件上。我想向你提出一個問題，請你先想清楚再回答。很可能——在我看來，這完全可能，而且也不難理解——在把文件塞到火爐之前，你翻看過它們。如果真是這樣，誰也不會責怪你或非難你。恰恰相反，你從這些文件知道的任何情況，對警方可能都有莫大的幫助，甚至有助於把殺人犯逮捕到案。因此，太太，你別怕說真話。在燒文件之前，你看過它們嗎？」

伊利絲緊張得喘不過氣來。她往前移動了一下，固執地說了又說：「不，先生。我什麼也沒看過，我什麼也沒讀過。我沒拆開封套，就把它們燒了。」

10 黑色筆記本

富尼埃很不愉快地盯著她看了一兩分鐘，然後沮喪地把臉扭開。

「遺憾，」他說，「你很忠誠，太太，可是畢竟非常遺憾。」

「我幫不上什麼忙，先生，很抱歉。」

他坐下，從衣袋裡掏出一個筆記本。

「我早先問你的時候，你說不知道太太那些客戶的名字。而剛才你卻說他們吵鬧、抗議……這就表明，你知道吉塞爾太太那些客戶的一點兒情況。」

「這我必須說明一下，先生。太太從來不提他們的名字，從來不談自己的業務。但她畢竟是個人，不是嗎？她偶爾也會發洩一下。有時，太太會自言自語似的說給我聽。」

白羅向前傾聽。

「你可不可以舉個例子，太太……」白羅要求道。

「讓我想想……噢，對了！唔，比方說，有一次來了一封信。太太把信拆開，就冷冰冰地譏笑了兩聲，說：『你去叫吧、哭吧，我親愛的女士，我不在乎，反正你還是得還債。』她還向我說過：『多蠢的人啊！一群蠢貨！他們以為我會借一大筆錢給他們而不要任何擔保。消息靈通就是我的擔保，伊利絲！消息靈通就有權力！』她大體上是這麼說的。」

「那你可見過登門拜訪的那些客戶？」

「沒有，先生，很少看見。你得明白，他們只待在一樓，而且經常都在黃昏以後。」

「前往英國之前，太太是在巴黎嗎？」

「她是前一天中午才回巴黎的。」

「她到哪兒去了？」

「在兩個星期中，她到過多維爾、盧比納、帕里—普拉日以及維姆勒，這是她習以為常的九月旅行。」

「現在請你想想，太太，她跟你談過什麼對我們可能有幫助的事嗎？」

伊利絲思忖了一下，然後搖了搖頭。

「沒有，記不得了，先生，」她說，「我什麼都記不起來了。那時太太情緒挺好的。她說，事情進展順利。她這次的旅行頗有斬獲。然後，她吩咐我打電話到國際航空有限公司，訂購第二天去英國的飛機票。早上的票已經沒有了，但買到了中午十二點的票。」

「她沒說為什麼飛往英國嗎？是有什麼急事嗎？」

「哦，不，先生。太太經常去英國，而且她通常都在出發前一天才告訴我。」

「那天晚上，有客戶來找過太太嗎？」

「好像有一個。不過我不確定，先生。喬治可能知道得清楚一些。太太什麼也沒對我說。」

富尼埃從衣袋裡取出一些照片，大多數是訊問過的那些證人的快照。

「你認得他們當中的哪一個嗎，太太？」

伊利絲接過照顧，依次看完，就搖了搖頭。

「不認得，先生。」

「那得問問喬治了。」

「是的，先生。可惜喬治視力不太好，很可憐。」

富尼埃起身來。

「好啦，太太，我們該走了，我是說，如果你確定你沒有——一點都沒有——漏掉什麼沒提的話？」

「我？還……還會有什麼沒提的呢？」伊利絲有點兒慌張。

「那我了解了。我們走吧，白羅先生。什麼？你在尋找什麼？」

白羅確實在房間裡走來走去，像是漫不經心地尋找什麼。

「是的，」白羅說，「我在尋找這裡沒有的東西。」

「什麼東西？」

「照片！我在這裡連一張照片也沒看見！吉塞爾家族的照片在哪裡？」

伊利絲嘆了一口氣。

「太大沒有家。她在世上完全是孤家寡人一個。」

「她有個女兒嘛！」白羅迅速地提示了一下。

「是的，是那樣，她有個女兒……」伊利絲悲傷地嘆息。

「可是這裡沒有她女兒的照片。」白羅又說。

「哦，這是先生不了解。太太有過一個女兒，這是真的，可那是老早以前的事了。我想，從女兒很小的時候起，太太就沒見過她。」

「這是怎麼回事？」富尼埃探問。

伊利絲兩手一攤。

「我不知道。當時，太太還很年輕。我聽說她那時挺美的，但人家說她紅顏薄命。也許她正式結過婚，也許沒有。我認為沒有。當然，她好歹把孩子安置好了。後來，太太得了天花，病得不輕，差點就死了。可是恢復健康以後，她的姿色就消失了。之後，她不再放浪形骸，也再沒有戀愛，太太變成一個完完全全的生意人。」

「她把錢留給了自己的女兒吧？」

「是這樣沒錯，」伊利絲說，「不留給自己的親骨肉，那留給誰呢？血濃於水嘛。太太沒有朋友，她經常獨自生活。錢就是她的愛人——她拚命想賺更多的錢。但她花得很少，過不慣奢侈生活。」

「她也留了點錢給你。你知道這一點嗎？」

「是的，有人已經告訴我了，太太一向慷慨。每一年，除了薪水外，她還會另外給我一筆錢。我很感激太太。」

「好吧，」富尼埃舒了口氣。「我們告辭啦。我順便去跟老喬治談談。」

「待會兒我就跟過去，我的朋友。」白羅說。

「隨你的便吧。」富尼埃說著就走了。

白羅在房間裡再一次踱來踱去，然後在一把椅子上坐下，盯著伊利絲。在他審視的目光下，法國女人杌隉不安起來。

「先生還想了解什麼嗎？」

「格蘭迪太太，」白羅開門見山地說，「你知道誰害死了你的女主人嗎？」

「不知道，先生。我發誓！」

她說得很誠懇。白羅凝視了她一眼，就低下頭。

「好！」他說。「我相信。可是，知道是一回事，懷疑又是另一回事。你有沒有什麼懷疑——僅僅是懷疑——誰可能做出這種事？」

「我沒懷疑誰，先生。我已經向警方的人談過這一點了。」

「你向他們說的是一回事，而向我說的也可以是另一回事。」

「你怎會這麼說呢？我何必如此？」

「因為向警方提供線索是一回事，而把線索告訴私人又完全是另一回事。」

「是的，」伊利絲承認道，「你說得沒錯。」

伊利絲眼裡出現了遲疑不決的神色。看來，她拿不定主意。白羅向她彎過身去，緊盯著她說：「你知道為什麼嗎，伊利絲太太？我工作的一個要領，就是不相信人家向我說的任何話、任何還未經證實的話。我不會先懷疑這個人，然後又懷疑那個人，我懷疑所有的人！任何一個跟犯罪有關的關係人，在我眼裡都是罪犯，除非有證據能證明他的清白。」

伊利絲·格蘭迪氣惱地瞥了白羅一眼。

「你懷疑我？我？謀殺太太？這太豈有此理了！簡直令人不敢相信會有這麼惡毒的想法！」她偌大的胸部劇烈地上下起伏著。

「不，伊利絲，」白羅撫慰地說，「我沒有懷疑你謀殺了太太。殺人犯是飛機上的一名乘客，謀殺絕不是你親手做的。但你有可能成了共犯。你可能把太太旅行的行程預先告訴過什麼人！」

「我沒這麼做！我向你保證！」

白羅默不作聲地望著她好幾分鐘，然後點了點頭。

「我相信，」他說，「但總之你是隱瞞了什麼事情。噢，是的，一定有。在每件犯罪案件中，不論是誰，當他在訊問證人的時候，都會碰到一個相同的現象：每個證人都會隱瞞一點什麼。有時（甚至經常如此），這『一點什麼』完全是無傷的，和犯罪沒有任何關係。但我要再次強調，總是有點什麼被隱瞞起來了。你也是如此。哎，你別否認！我是赫丘勒．白羅，我就是知道當富尼埃先生問你有沒有什麼沒提時，你顯得惶惑不安，避而不答。剛才，當我要你告訴我一些你不想告訴警察的線索時，你又在琢磨了。可見，是有點兒什麼！我要知道那究竟是什麼！」

「那一點都不重要。」伊利絲突然冒出一句。

「或許，但我還是那句話：你能告訴我那是什麼嗎？請記住，」他堅持說，「我不是警察。」

「是呀，的確，」伊利絲．格蘭迪猶豫地說，「先生，我覺得很為難。我不知道若太太還在，她會要我怎麼做……」

「俗話說，兩人智慧勝一人。要不要和我商量一下？我們一塊兒研究這個問題吧。」

伊利絲仍舊疑慮地望著他。

白羅微笑著說：「忠狗伊利絲。我明白，你所考慮的是對故主的忠實。」

「沒錯，先生。太太非常信任我。打從我開始服侍她，我就忠心耿耿地執行她的一切指示。」

「是不是為了報答她以前給過你的大恩惠？」

「先生觀察得可真準確。是的，這是真的，我不否認。我受騙過，先生，當時我的積蓄都被偷了，而且還有個孩子。太太對我幫助很大，她把我的孩子安置在一個農莊的好人家，一個很好的農莊，先生，一個清白的人家。那時，她才第一次提到她也做過母親。」

「她向你談到過什麼細節嗎？比如說，她那孩子的年齡，孩子在哪裡。」

「沒有，先生。她只提到如何安置她的生活。她說，那樣要好一些。小女孩已經有人妥善照顧，他們會培養她學得一技之長，而太太死後，也將由她繼承她的財產。」

「她沒有跟你提到這孩子本身或者孩子的父親嗎？」

「沒有，先生，但我認為……」

「請說，伊利絲太太。」

「那只是『認為』，你知道的。」

「當然，當然。」

「我認為，她孩子的父親是個英國人。」

「你為什麼會有這樣的想法呢？」

「我也說不出個所以然來。不過太太談到英國人時，她的聲音聽起來總有點尖刻。她做生意時，如果被她控制的是一個英國人，她就感到開心。但這只是我的印象……」

「是的，不過，也許這很有價值！這使得我們有可能……那你自己的孩子呢，伊利絲太太？是男孩，還是女孩？」

「女孩，先生。她死了……已經五年了。」

「啊，太令人難過了。」

一陣沉默。

「那麼，伊利絲太太，」白羅提醒一下。「你一直隱瞞著未說的到底是什麼呢？」

伊利絲站起身，走出房間。過了幾分鐘她回來了，手裡拿著一個破舊的黑皮筆記本。

「這個小本子是太太的，她經常把它帶在身邊。但這次她準備去英國的時候，卻沒找到它，它不見了。不過太太走了以後，我找著了這個小本子。它掉到床頭後面了。我把小本子放在自己的房間裡，想等太太回來就給她。剛一聽到太太的死訊，我把她的文件都燒了，但留下了這個小本子。因為太太未曾指示我把它燒掉。」

「你是什麼時候聽到太太的死訊？」

伊利絲猶豫了一分鐘。

「首先你是從警方那裡聽到的，是不是？」白羅問道，「警察到這兒來搜查太太的房間，發現保險櫃是空的，而你告訴他們說文件燒掉了，但其實你是後來才去燒了文件？」

「沒錯，先生。」伊利絲坦白地說，「他們在查看保險櫃時，我從箱裡拿出了文件。的確，我曾說已把它們燒了。可是這麼說也不算錯，後來我一抓到空檔，就把文件燒了，我必須執行太太的指示。你了解我的難處了吧，先生？你不會把這一點告訴警方吧？這對我是很重要的。」

「伊利絲小姐，我相信你這麼做是出於善意。可是畢竟是可惜了……大大可惜。但是後悔無濟於事。我並不認為有必要把文件銷毀的準確時間告訴我們優秀的富尼埃先生。現在讓我看看這小本子對我們有沒有什麼幫助吧！」

「我認為不會有什麼幫助，先生，」伊利絲搖了搖頭說，「那是太太個人做的筆記，但只是一些數字。沒有文件資料，那些東西沒有任何意義。」

伊利絲很勉強地把小本子交結白羅。他接過來翻了翻。這是用鉛筆做的一些登記事項，筆跡是歪歪斜斜的外國人字體，內容似乎都相同，全是號碼和一些簡要敘述：

CX256，上校的老婆，住在敘利亞。軍團基金。

CF342，法國議員，斯塔維斯基的朋友。

看來，這些記要都是同樣性質。總共約有二十個。筆記本末尾還記有時間和地點，也是用鉛筆記的：

盧比納，星期一。賭場，十時三十分。薩伏旅館，ABC，艦隊街，十一時。

記要都不完全，都只像是幫助吉塞爾太太記憶用的，而不是確實的備忘錄。

伊利絲不安地注意著白羅。

「它真的沒什麼，先生，至少對我是如此。它的內容只有夫人自己清楚，別人是看不懂的。」

白羅闔上筆記本，把它塞進衣袋。

「這本子可能極有價值，太太。你把它給我是很明智的做法，你可以絕對放心。太太從來沒有要你燒掉這小本子吧？」

「是的，是這樣。」伊利絲承認，她臉上的表情變得稍微明朗起來。

「既然沒有這樣的指示，你就有責任把筆記本交給警察局。我和富尼埃先生會把一切處理好的，誰也不會責怪你沒早點交出來。」

「先生真是太好心啦。」

白羅朝門口走去。

「現在我得去找我的同事了。不過，還有最後一個問題：你替吉塞爾太太訂購飛機票的時候，是打電話到布爾歇機場，還是打電話到航空公司的辦事處？」

「我是打電話到國際航空公司的辦事處。」

「它是在金蓮花林蔭大道上吧？」

「沒錯，先生，金蓮花林蔭大道二五四號。」

白羅把地址寫在自己的筆記本裡，就向她親切地點了點頭，走了出去。

11／一個美國人

這頭，富尼埃跟守衛喬治的交談卻很不投機。

「嘿，警察就是這個樣子！」老頭兒粗聲粗氣地大發牢騷。「同一個問題，一問再問，你們究竟想要怎麼樣？要逼得人遲早不再講真話，而瞎說一氣嗎？說些好聽的謊言，是呀，謊言最對你們這些先生的胃口了。」

「我不要謊言，先生，我只要真話！」

「好呀，我說的都是真話呀！對，那天晚上，在太太出國的前夕，正好有個女人來找太太。你拿了些照片給我看，問我照片中有沒有那個女人。我也一再地說了：我的眼睛不中用，而且當時天已黑了，我沒看清這個女人。我認不出她。即使我跟她迎面相對，我或許也認不出，就是這樣！這一點，你已經清清楚楚聽了四、五遍了！」

「難道你一點都想不起來，這個女人是高是矮、是老是少，頭髮是金黃或黝黑嗎？簡直叫人無法相信！」富尼埃諷刺地說。

「你還是相信吧，我可不在乎！什麼幫助警察就是做好事！我根本是不齒。如果太太不是在高空中被殺害，你恐怕會說是我喬治毒死她的。你們警察統統是這樣！」

白羅機警地按住了富尼埃的手臂，及時防止了他生氣的反駁。

「我們走吧，我的老朋友。」他說，「肚子在咕嚕叫啦。簡簡單單飽餐一頓，這就是我的要求。就來點蘑菇蛋捲、薩呂港的乾酪，再配個紅葡萄酒吧。配哪種酒好呢？」

富尼埃看了看手錶。

「這倒是，」他說，「已經下午一點了！竟跟這個野蠻人談了……」他瞅了喬治一眼。

「我們已經知道，」白羅了解地向老頭兒微笑了一下。「這無名女人既不高、也不矮，既不胖也不瘦，頭髮既不金又不黑，但你至少可以告訴我們，她是不是時髦呢？」

「時髦？」喬治聽到這個問題不覺一驚，重問了一遍。

「我聽說，」白羅說，「她是挺時髦的。我有個想法，我的朋友。我覺得，這個女人穿上泳衣一定特別美！」

喬治目不轉睛地盯著他。

「穿上泳衣？可這和泳衣有什麼關係？」

「只是我的想法嘛。嫵媚的女人穿上泳衣就會顯得更美。你不同意嗎？你看這個。」

他把一頁從《特寫集》上撕下來的圖片遞給老頭兒。

一陣沉默。老頭兒輕微地顫動了一下。

「這兩個都還不錯，」說著，他把圖片還給白羅。「跟一絲不掛也差不多了。」

「噢，」白羅說，「那是因為今日我們已發現曬太陽對皮膚的益處，健康又實惠。」

喬治嘶笑一聲，就離開了。而白羅和富尼埃則走上了灑滿陽光的街頭。

吃過了白羅剛才提議的菜色後，這矮胖的比利時人就從衣袋裡掏出黑色筆記本來。富尼埃深感興奮，對伊利絲也十分惱怒，白羅勸他別生氣。

「這是自然的，完全不足為奇。警察？對這個階層的人而言，它是個嚇人的字眼。會替他們招惹飛來的橫禍。每個國家、每個地方都這樣。」

「在這種情形下，你倒能夠有所收穫！」富尼埃揚聲說道，「私人偵探從證人身上取得的情報，比官方能夠得到的多得多。不過，我們還是有些優勢，我們擁有官方記錄，整個龐大的組織系統都可供我們指揮運用……」

「所以我們齊心協力地工作吧。」白羅溫和地微笑著說，「蛋捲好吃極了。」

富尼埃一面吃著蛋捲，一面翻了翻黑色筆記本，然後把什麼抄在自己本子裡，瞅了白羅一眼。

「你已經全看過了嗎，嗯？」

「不，只是隨便瀏覽了一下。讓我看看吧？」他從富尼埃手裡拿過黑色的筆記本。

直到乾酪端來放在他們面前，白羅才把小本子擱在一邊。兩個偵探的視線碰在一起。

「裡面有一些十分重要的記錄。」

「五項。」白羅說。

「是的，五項。」

富尼埃唸了唸本子裡的記錄：

ＫＣＬ５２英國伯爵夫人。丈夫。

ＲＴ３６２醫生，哈利大街。

ＭＲ２４古物仿製品。

ＸＶＢ７２４盜竊，英國人。

ＧＦ４５謀殺未遂。

「太好了，我的朋友，」白羅說，「我們腦子裡想的竟然一樣！從筆記本裡所有的記錄中，我認為這五項和飛機上的乘客有直接關係。我們來依次分析研究一下吧。」

「英國伯爵夫人，丈夫。」富尼埃說，「這可能是指霍伯里夫人。據我所知，她是一個嗜好賭博的人。她十分可能向吉塞爾借過錢。吉塞爾的客戶通常都是這類的人。至於『丈夫』二字，指的可能是吉塞爾希望霍伯里太太的丈夫能替妻子還債，或者她握有霍伯里夫人的什麼祕密，並威脅要把這個祕密告訴她的丈夫。」

「完全正確，」白羅說，「這兩種情況都有可能。我個人更屬意第二個，而且我敢打賭，吉塞爾動身前夕，去找她的那個女人就是霍伯里夫人。」

「哦，你是這樣想的，是嗎？」

「是的，而且我猜你也是做如是想。我覺得，那個門房的性格中有種騎士精神。他冥頑不靈，硬說他毫不記得客人的容貌，這種說法本身就值得注意。霍伯里夫人是非常漂亮的。此外我還發覺，他瞧見《特寫集》裡的照片吃了一驚——哦，當然是很不明顯。照片上，她是穿著泳衣的。霍伯里夫人那天晚上找過吉塞爾，這點毫無疑義。」

「她尾隨吉塞爾從盧比納到了巴黎，」富尼埃慢吞吞地說，「看來她是等不及了。」

「對，對，我看很有可能。」

富尼埃狐疑地看了看白羅。

「然而，這跟你原來的想法不一致，對吧？」

「我的朋友，我跟你說吧，我只知道正確的線索放到錯誤的人身上了……可以說，我還處在一團漆黑中。我的線索不會錯，但是畢竟……」

「你不願向我說明是怎麼回事嗎？」富尼埃說。

「不，因為我可能有錯，你知道，可能徹徹底底地錯了。在此種情形下，我可能會不知不覺地引著你誤入歧途。不，我們每個人都根據自己的推想進行工作吧。我們繼續來研究小本子上的項目吧。」

「RT362醫生，哈利大街。」富尼埃唸了一下。

「這可能是指布賴恩醫生。這條線索應該挖不出什麼東西，但我們還是得去追查。」

「MR24古物仿製品。」富尼埃唸道，「很難推敲，不過可能是杜邦父子。我沒把握。杜邦先生是世界聞名的考古學家。他的聲譽是無庸置疑的！」

「這會使他做起案來特別方便。」白羅說，「親愛的富尼埃，只要想到那些騙子在還未被揭穿時，表現出來的形象有多好、情操有多高、多使人歆羨的普遍現象，你就可了解。」

「對，說得太對了。」

「崇高的聲譽是騙子最重要的工具。這是挺有趣的邏輯。但我們還是來看記錄吧。」

「XVB724這個號碼很不明確。『盜竊，英國人』？」

「是的，不很清楚。」白羅表示同感。「誰盜竊？律師？銀行職員？大概是商業公司的信託部門人。恐怕不是作家、牙科醫生或其他醫生。詹姆斯．賴德是乘客當中唯一的商業人士。他可能偷了錢，可能向吉塞爾借過錢來補上盜款，免得遭到調查。而最後一項『GF45謀殺未遂』。作家、牙科醫生、耳鼻喉科醫生、商人、空服員、美容師、名門淑女……其中任何一個都可能是『GF45』實際上，只有杜邦父子由於國籍不同而可以排除。」

白羅打手勢把服務生叫來結帳。

「現在到哪裡去呢，我的朋友？」他問富尼埃。

「去保安局。他們應當有消息告訴我。」

「好，我跟你一起去。待會兒我也有一點別的調查得忙。」

在保安局裡，白羅和偵探處處長齊勒先生重敘一番舊情，因為他以前辦理一件案子時，跟這位處長接觸過。齊勒先生彬彬有禮、和藹可親。

「你關心這樁案件，讓我感到非常高興，白羅先生。」

「說來你或許不信，親愛的齊勒先生，事情就是在我的眼皮子底下發生的。這是一項恥辱，你說是不是？你想一想，命案發生的時候，我竟然在睡覺！」

齊勒先生深明事理地搖了搖頭。

「這些飛機！遇到陰雨的天氣，它們就靠不住，靠不住喔。我自己就有一兩次被搞得傷透了腦筋……」

「常言說，軍隊必須填飽肚子才能前進。」白羅說，「消化器官對大腦的影響有多深呢？當暈船病發作的時候，我，就變成一個失去灰色腦細胞、失去方法條理的低等生物，成為全然的智能不足者！這實在是可悲，但這是事實。哦，提到這檔子事，我們那位優秀的吉羅警探如今還好嗎？」

齊勒刻意不去理會「這檔子事」那幾個字的嘲諷，他只是回答說，吉羅還在工作崗位上努力。

「他幹勁十足，從不知疲累。」

「那是當然了，」白羅說，「他最愛跑來跑去了，而且喜歡趴在地上找線索，他人要不是在這裡就是在那裡，到處跑，沒看他停下來思考過。」

「噢，白羅先生，那可就是你的個人偏見了。我知道像富尼埃那樣的人比較投你的緣。他是所謂的『新潮派』，完全依賴心理學辦案，你就喜歡這一點。」

「那倒是，那倒是。」

「他對英國文化頗有了解，所以我們派他去克洛敦協助辦案。那是一個相當有趣的案子，白羅先生。吉塞爾太太是巴黎的知名人物，而她死亡的方式，可以說是十分……絕妙！她在飛機上中了吹管射出的毒針！你說說看，這種事有可能嗎？」

「是啊！」白羅喊道，「是啊！你說的真是一針見血，正中要害……哈，我們的富尼埃來了。我想你帶來了一些新的消息。」

平時鬱鬱寡歡的富尼埃，現在顯得特別興奮和急促。

「對，是有消息。一個希臘人古董商澤羅普洛斯，向警局通報他在命案發生前三大出售過一支吹管和吹針。我建議，長官，」富尼埃向處長恭敬地哈腰。「我們去拜訪這個人。」

「當然，就這麼辦。」齊勒表示同意。「白羅先生要一起去嗎？」

「如果你們不反對的話。」白羅立即站起身來說道，「這事很有意思，非常有意思。」

古董商澤羅普洛斯先生的店鋪位在聖昂諾街上。

他的店鋪是以收藏高級古董著稱。店裡的貨貿上擺滿了許多東西，如拉格斯器具、波斯陶器、盧里斯坦青銅器、粗糙的印度珠寶、各國的絲綢和刺繡、毫不值錢的串珠，以及便宜的埃及貨。在這一類商店裡，值五十萬法郎的東西，標價可達一百萬法郎；值不了五十生丁[7]的貨品，標價卻是十法郎。經常捐款給這個商店的金主，主要是美國觀光客和十分內行的鑑賞家。

澤羅普洛斯先生是個身材不高、體格結實的人，長了兩隻亮閃閃的黑眼，他解說起來娓娓動聽，口若懸河，特別詳盡。

是警察先生們嗎？哦，十分歡迎！也許，可以到他的私人辦公室去坐一坐？是的，他出售過一支吹管和吹針，來自南美的珍品。

「你們知道，先生們，每種收藏我都只進一點貨！我也有我的專業——就是波斯。杜邦先生，著名的杜邦先生可以為我作證！他經常來看我收藏的物品和新進的貨色，判斷某些可疑物品的真偽。多麼了不起的人！多麼博學多聞！眼光多麼犀利！多麼敏銳的直覺！噢，我離題了。我有收藏品……行家都知道的收藏品！我還有……嗯，老實說吧，贗品。外國的贗品，數量不多，大都是從印度、日本、馬來半島、南太平洋各地來的。這些東西，我通常都沒有固定價格，如果有人感興趣，我再決定價錢，通常都會被殺價，到最後獲利只有一半。不過即使如此，還是有利潤。我平常都按很低的價格向水手們收購物品。」

7　生丁（centime），法幣，等於法郎的百分之一。

澤羅普洛斯先生停下喘了口氣，然後又興高采烈地繼續說下去，他對自己本身、對自己的重要性、對自己流利的口才，都滿意極了。

「那支吹管和吹針在我這兒放了很久，約莫兩年吧。它們就放在那個盤子裡，旁邊還有一些貝殼項圈、印第安人頭飾、木雕，以及粗糙的玉石項鍊。這吹管和吹針誰也沒發現，誰也沒去注意。後來來了一個美國人，向我打聽這是什麼東西。」

「一個美國人？」富尼埃警覺地問道。

「是呀，一個美國人，絕對是美國人。不是那種高尚的美國人，而是什麼也不懂，只想隨便買個古董回家做紀念的那類觀光客。想來他也造福了不少埃及珠寶商——他們都是進口捷克製的金龜子來賣。嘿，我很快就把他摸透了，跟他聊了聊某些部落的古老風俗，還有他們使用的致命毒藥。我說，這類東西很難買得到。他問了價錢，我報了價。自然囉，這是美國價錢，不能像以前那麼高（唉！他們國內現在處於蕭條時期嘛）。我以為他會討價還價，但他馬上付了錢，我驚得發呆了。真可惜，價錢應該再開高一點！我把吹管和吹針包好給了他，他就揚長而去。情況就是這樣。後來，我在報上看到這件驚人的謀殺案件，我懷疑……是的，我十分懷疑。於是立刻報告了警局。」

「非常感謝你，澤羅普洛斯先生，」富尼埃客氣地說，「你還認得出那支吹管和吹針嗎？此刻，它們在倫敦，可是我們會把它們拿來給你認一認。」

「那支吹管有這麼長，」澤羅普洛斯在寫字檯上比了一下。「像筆這麼粗。吹管沒什麼顏色。針有四支，針身細長，針尖有點髒，吊著一小束紅絲。」
「紅絲？」白羅反應道。
「是的，先生。櫻桃紅，有點褪色。」
「奇怪，」富尼埃說，「你確定不是黑絲混雜黃絲嗎？」
「黑絲混雜黃絲？不是，先生。」商人搖了搖頭。
富尼埃看了白羅一眼。白羅臉上竟是一副表示滿意的笑容。富尼埃覺得詫異。是澤羅普洛斯撒了謊，還是別的原因？富尼埃有點疑慮地說：「很可能你的吹針和吹管跟本案沒有任何關係。或許最多只有五十分之一的關聯性。但是不管怎樣，我希望你能盡量為我描述這名美國人。」
澤羅普洛斯兩手一攤。
「他就是一個普通的美國人嘛。說話帶有鼻音，一句法語都不會講，嚼著口香糖，戴著玳瑁邊眼鏡。高個兒。我猜，年紀不太老。」
「金髮還是黑髮？」
「我不敢說，他戴著帽子。」
「如果再看到他，你認得出來嗎？」
「我沒把握。我這裡有那麼多美國人來來去去。他長得又不稱頭。」
富尼埃拿出一疊照片給古董商看，但只是徒然無功。普羅米修斯的乘客中沒有那個人。

「也許，我們是在大海撈針。」富尼埃和白羅一起走出商店時說道。

「可能，」白羅回答，「但是我想並非如此。你看見了，他的價格標籤都是一個式樣；而且在澤羅普洛斯先生的敘述中，有一兩點值得注意。朋友，既然我們已經下海了，就請你縱容我再繼續捕撈囉！」

「去哪兒呢？」

「金蓮花林蔭大道。」

「我想想，那是……」

「國際航空公司。」

「當然沒問題。但我們的人已到那兒調查過了，沒有任何值得注意的線索。」

白羅溫和地拍了拍他的肩膀。

「但是，你知道，什麼問題造就什麼答案。那時你們還不知道應當提出哪些問題。」

「而你知道？」

「我是有一點想法。」

他沒再說什麼，兩人按照計畫到金蓮花林蔭大道。

國際航空公司的辦事處十分簡陋。一個衣著考究、面孔黧黑的人站在晶亮的木櫃後面，而一個約莫十五歲的孩子則坐在打字機旁邊。富尼埃出示了自己的證件，這位名叫朱利·派瑞的辦事員表示願意全力配合。

在白羅的建議下，孩子給叫到了最遠的角落裡去。

「我們要談的事是很機密的。」白羅向他解釋。

辦事員既愉快又興奮。

「是這樣嗎，先生？」

「我們是為吉塞爾太太的謀殺案來的。」白羅開始說。

「哦，是的，我記得，我想我們已回答過一些問題了。」

「沒錯，沒錯，但我們必須再求精確。吉塞爾太太訂了機位，是在什麼時候？」

「我認為警局已經查明了。吉塞爾太太是在十七日打電話來訂機位的。」

「是第二天十二點起飛的班機嗎？」

「是的，先生。」

「但我們從她的女傭口裡知道，她訂的機票不是十二點，而是早上八點四十五分。」

「不，不，不是這麼回事。她的女傭人要訂八點四十五分的，可是這班飛機已經客滿了，我們就向太太建議十二點的班機。」

「我明白了，明白了。」

「就是這樣，先生。」

「我明白，我明白。可是它還是很奇怪，真的很奇怪。」

辦事員狐疑地瞥了白羅一眼。

「我的一個朋友因急事必須飛往英國，那天，他是搭乘八點四十五分的班機飛走的，據他說，飛機有一半座位是空的。」

朱利・派瑞翻閱了一些文件，鼻子抽了一口氣。

「也許你的朋友記錯日子了？早一天，或是晚一天……」

「不會錯的。就是謀殺案發生的那一天，因為我的朋友說，如果他沒坐上那班飛機，他自己就會成為普羅米修斯號的乘客。」

「說實在的，這太奇怪了。當然，如果有些乘客來遲了，那就會留下空位。除此之外，也可能是發生誤失。我得跟布爾歇機場聯繫看看，他們辦事不一定那麼精確……」

看來，赫丘勒・白羅疑惑的目光讓朱利・派瑞很不舒服。

他停下來，兩隻眼睛閃爍不安，腦門上冒出了汗珠。

「這是兩種可能的解釋，」白羅凝視著他說道，「但我以為兩種解釋都不是真的。我認為你還是坦白的好。」

「坦白？坦白什麼？我不明白你的意思。」

「少來了，你對一切都瞭若指掌。我們現在在談的是謀殺案！謀殺案，派瑞先生！請你謹記在心。倘若你向我們隱瞞真相，你可能得承擔嚴重後果。警察會對你產生不良的印象，認為你干擾司法調查。」

朱利・派瑞驚惶失措、張口結舌地望著白羅，兩隻手微微顫慄。

「說吧，」白羅命令地說，「我們需要了解確實的情形。他們給了你多少錢，是誰給的？」

「我並不想傷害……我完全不知道。我從來沒想過……」

「多少？誰？」

「五……五千法郎。這個人我以前從未見過。我……這可把我害慘了……」

「如果你還不說出來，那才真的悲慘。說吧，說吧，主要情況我們已經知道了。告訴我們，究竟是怎麼回事。」

朱利・派瑞慌忙說了起來，豆大的汗珠從額頭落下。

「我並不想傷害……真的，不想……當時來了一個人，他說，第二天他要飛往英國，他要跟……吉塞爾太太貸款，可是希望來個不期而遇。他認為，這樣比較有機會成功。他說，他知道吉塞爾太太明天要飛去英國。他要我跟她說明天早班機位都賣完了，並且安排她坐在普羅米修斯號的二號座位。我發誓，我並不認為這有什麼不好。我想，這有什麼關係呢？美國人就是那樣，喜歡別出心裁……」

「美國人？」富尼埃尖聲問道。

「是的，這位先生是美國人。」

「說說他的樣子。」

「高個子，背有點駝，頭髮灰白，留一小撮山羊鬍，戴著角質框眼鏡。」

「他有為自己訂票嗎？」

「是的，先生，一號座位……就是在吉塞爾太太隔壁。」

「是用什麼名字登記的？」

「賽拉斯……賽拉斯．哈珀。」

「乘客之中沒有任何人用這個名字；也沒人坐在一號座位。」

白羅搖了搖頭。

「名單上沒有這個名字，所以我才沒有提這件事。既然這個人沒坐上飛機……」

富尼埃冷冰冰地瞅了辦事員一眼。

「你向警察隱瞞了十分重要的證據，」他板著面孔說，「這可是非同小可！」

隨從他便和白羅走出辦事處，留下了怕得要死的朱利．派瑞。

在人行道上，富尼埃摘掉帽子鞠了一躬。

「我向你致敬，白羅先生。你是如何想到這一點的？」

「從兩句話。一句是我今天早上聽到的。在我乘坐的飛機裡，有個人說，謀殺案發生的那一天，他可說是搭乘了一架空飛機。第二句是伊利絲說的，她講她打電話到國際航空公司訂票，但早班飛機票已經一張都沒有了。這兩個說法互相矛盾。我又想起普羅米修斯號的空服員說過，他以前在早班飛機上不止一次看見吉塞爾太太。所以很明顯，她習慣搭乘八點四十五分的班機。可是，有人希望她這一次搭十二點的班機，有人自己要搭乘普羅米修斯號。為什麼辦事員要向伊利絲說，所有的票都已賣掉了呢？這是誤失，還是故意撒謊？我推測是後者……而我猜對了。」

「每過一分鐘，事情就更為神祕！」富尼埃驚嘆地說，「起先我們追查的是女人，現在呢，又冒出一個男人。這個美國人……」

他停了下來，困惑地望著白羅點了點頭。

「是呀，朋友，」白羅說，「在巴黎這裡，要做一個美國人太簡單了！怪聲怪氣的鼻音，咀嚼著口香糖，山羊鬍，角質框眼鏡，這是扮演一個美國人的全部道具……」

他從衣袋裡取出從《特寫集》裡撕下的一頁上流社會新聞。

「你在看什麼？」富尼埃問。

「穿上泳衣的伯爵夫人。」

「你認為……不，她是那麼迷人、可愛、柔弱，不可能裝扮成又高又駝的美國人。儘管她過去是個演員……可是，她再怎樣也無法扮演這樣的角色！不，我的朋友，這說不通。」

「我從沒說它說得通。」他繼續仔細研究那頁新聞。

12／霍伯里莊園

霍伯里伯爵站在餐檯前面，有點心不在焉地用一只精緻的高腳杯飲酒（他說他是在「款待自己的腎臟」）。

斯蒂芬．霍伯里今年二十七歲。他的腦門狹窄，下巴突出，看得出是喜歡戶外運動型的男人，而且缺乏深度。他心地好，有點死板，十分忠誠而頑固。從他的兩隻眼睛裡看不出特殊的智慧。

他把盛滿的盤子端回桌上，開始吃了起來。他攤開報紙，可是馬上眉頭一皺，又把報紙放到一邊。他推開沒吃乾淨的盤子，喝了點咖啡，猶豫不決地站了一會兒，輕輕點了點頭，走出飯廳，穿過寬敞的廳廊，走上樓去。他敲了某扇門，然後等著。房間裡傳出高亢、清脆的聲音。

「請進！」

霍伯里伯爵走進寬敞、漂亮、方向朝南的臥室。西塞莉．霍伯里還在床上，那是一張雕工精細的伊莉莎白式臥床。她滿頭金髮，穿著輕薄的粉紅色睡衣，顯得美極了。一個剩了一些橘子汁和咖啡的托盤，放在一張小桌上。霍伯里太太正在拆開一封信。她的女傭人在房間裡來回走動。

任何人看見她的美色而怦然心動都是很正常的，只有霍伯里伯爵對她根本無動於衷。大約三年前，這年輕人曾被她弄得神魂顛倒。當時他陷入情網，愛得發狂。可是時過境遷，現在他頭腦清醒了。

霍伯里太太有點兒詫異。

「怎麼回事，斯蒂芬？」

「我要單獨跟你談談。」他唐突地說。

「馬德琳，」霍伯里太太向女傭人說，「把事情放下，先出去。」

那法國女孩嘟囔地回答：「是的，太太。」

她很快瞥了霍伯里伯爵一眼，就從房間裡走了出去。

霍伯里伯爵等她掩上門後說：「我想弄清楚，西塞莉，你回到這兒究竟想幹什麼？」

霍伯里太太聳聳美麗、瘦削的肩膀。

「為什麼不可以？」

「為什麼？理由可多著呢。」

「理由……」

「是的，理由。你該不會忘記，我們已經決定結束共同生活。你希望在城裡有一幢房子和生活費——豐厚的生活費。在一定程度上，你也按照自己的願望去生活了。你為什麼又突然跑回來？」

西塞莉又聳聳肩。

「我覺得這樣……比較好。」

「你是……我猜，為了錢吧？」

霍伯里太太勃然大怒。

「我的天，我好恨你！你是世界上最惡劣的人。」

「惡劣？就是因為你的奢華無度，霍伯里莊園才會給抵押出去。」

「霍伯里莊園，霍伯里莊園！這就是你念念不忘的一切！馬呀，打獵呀，射擊呀，那些無聊透頂的老農夫啊……天哪，難道這是女人應當過的生活嗎？」

「有些女人就特別喜歡這種生活。」

「對呀，像維妮塔．克爾那樣的女人，她都可以算是半匹馬了，你早就該和她那種女人結婚。」

霍伯里伯爵走到窗前。

「現在談這一點已經遲了，我已經跟你結婚了。」

「你可以擺脫目前的狀況啊，」西塞莉譏諷地說。她的笑聲是狠毒、洋洋得意的。「你想甩了我，但甩不掉！」

「談這些幹什麼呢？」

「很具教育意義啊。每當我向朋友們談到你說過的那些話，她們都笑得直不起身。」

「要笑儘管去笑。我們可不可以回到原來的話題——你回來的原因？」

可是他的妻子並沒理會他。她說：「你在信上說，你不想承擔我的債務。這是男子漢大丈夫的態度嗎？」

「我很遺憾必須採取這種手段。你應該記得，我已預先警告過你。我已經替你償還了兩筆錢，可是事情總有個限度。你賭博成癮……唉，談這有什麼用呢！總之我一定要知道，什麼原因促使你回到霍伯里莊園？你憎恨這個地方，常說在這裡你會無聊到死。」

西塞莉．霍伯里的小臉陰沉下來。

「我覺得這樣比較好。」

「比較好？」他若有所思地重複一遍，接著突然問道：「西塞莉，你向那個法國高利貸女人借了錢嗎？」

「哪個女人？我不知道你指的是誰。」

「你很清楚知道我說的是誰。我說的是在巴黎起飛的飛機上遇害的那個婦人，而你是乘坐那班飛機回家的。你向她借過錢嗎？」

「沒有，當然沒有，你在想什麼啊！」

「別打馬虎眼，西塞莉。如果那個婦人借過錢給你，你最好告訴我。你得記住，偵查還沒結束。警方目前的看法是，謀殺是來歷不明的一個人或幾個人幹的。兩國的警方都在調查。查明真相是指日可待的。老婦人一定留下了借貸契約。也許有人知道你和她的關係，所以我們必須預先做好準備。關於這個問題，應當去徵求我們那個訴訟代理人的意見。」

（「我們的訴訟代理人」，就是威爾布厄姆律師事務所，它世世代代替霍伯里家族辦理法律事務。）

「我不是在那個可惡的法庭上說過，我從來沒聽過這個婦人！」

「我不認為這些話具有說服力，」斯蒂芬嚴厲地反駁。「如果你和吉塞爾有過往來，警方一定會發現的。」

西塞莉生氣地在床上坐下。

「我看你是認為我殺死了她！站在飛機中間，從吹管裡向她射出毒針！簡直是瘋了！」

「是呀，聽起來是很瘋狂。」斯蒂芬沉思地說，「不過，我建議你認清自己的處境。」

「什麼處境？沒有什麼處境的問題！我的話你根本不相信。簡直可惡！咦，你為什麼無緣無故為我操心？好像很關心我似的。你不再愛我了。你恨我。如果我明天就死掉，你會很高興。幹嘛假惺惺？」

「你是不是太過分了？不管怎樣，雖然你始終認為我是個老古板，但我是真心關心我們家族的名譽——你很蔑視的一種舊日情懷。不過事實就是如此。」

他腳跟猛然一轉，就從房間裡走了出去。

他的太陽穴突突直跳，思緒萬端。「不再愛她？恨她？是的，是這樣。如果她明天就死，我會高興嗎？我的天，確實如此！我會覺得自己是從獄中釋放出來的犯人！人生是多麼古怪而可惡的東西！記得我在《當機立斷》裡第一次看見她的時候，她看來是個多麼可愛、純真的女孩，如此嬌豔、美麗，我蠢極了，為她暈頭轉向，忘乎所以……她看起來那麼迷人、可愛，但實際上她就像現在一樣，粗俗、邪惡、無知……她的姿色我甚至可以視而不見了。」

他吹了一聲口哨，一隻西班牙獵狗朝他跑來，停在他面前，崇敬、忠誠地望著主人。

「好貝茜！」斯蒂芬親切地揪了揪牠毛茸茸而細長的狗耳朵。

他想到：「說到『母狗』這句罵人的話，實在是很有意思。像你這種母狗，貝茜，絕對勝過我碰過的所有女人。」

斯蒂芬把皺巴巴的帽子低低地拉到額上，在獵狗伴隨下走出屋外。

在田莊上漫無目的地閒逛，使他繃緊的神經鬆弛下來。他摸了摸心愛的獵狗，和一個僕人談了幾句話，然後去看看農場，在那兒站了一會兒，和一個農婦聊了聊，隨後沿著一條窄道走去。貝茜跟在他的腳邊。驀然間，他望見了維妮塔．克爾：她正騎著一匹紅色的母馬漫步回來。

維妮塔看上去很華麗。霍伯里伯爵讚賞地、溫柔地盯著她，而且懷著一種異樣的感覺，好像她是從遠方回家來的。

「哈囉！」他叫道。

「哈囉！斯蒂芬。」

「你上哪兒去了？都在莊園內嗎？」

「是的。牠走得挺好的，不是嗎？」

「牠最棒了。你見過我在查蒂斯利拍賣場買來的那匹兩歲的母馬嗎？」

稍微聊了聊馬，然後他忽然說：「順便告訴你，西塞莉在這兒。」

「這裡？在霍伯里莊園？」

維妮塔不慣於表露自己的感情，可是這次她無法掩飾自己的驚訝。

「是的，昨天晚上回來的。」

兩人沉默了一會兒。然後，斯蒂芬說：「你在法庭上作過證，維妮塔，現場……情形如何呢？」

她想了一下。

「大家都沒說什麼，如果你了解我的意思。」

「警方也沒有洩漏任何消息？」

「沒有。」

「你一定覺得很不愉快。」

「唔，當然囉，不算是享受就是了。但是，這也沒什麼可怕的。驗屍官是很有分寸、十分講理的。」

斯蒂芬心不在焉地往綠色籬笆上撫摸了一下。

「維妮塔，你……你，我是說……你認為是誰幹的？」

她輕輕地搖搖頭。

「不知道。」她沉默了一下，考慮如何回答才比較妥當和委婉，然後輕輕一笑說，「反正既不是西塞莉，也不是我。她能擔保我，我能……擔保她。」

斯蒂芬也笑了起來。

「嗯，那就好啦！」他愉快地說。

他把這句話說得好像是玩笑話，可是她從他的聲音裡可以聽到一種解脫的感覺。所以，他可能認為……

「維妮塔，」斯蒂芬說，「我們認識很久了，是不是？」

「噢，是呀。你記得小時候去參加的那些可怕的舞蹈課嗎？」

「怎麼不記得！我覺得……我可不可以對你說些心裡的話……」

「當然可以。」她猶豫了一下，然後用平靜、乾澀的聲調繼續說：「我猜，是西塞莉的事？」

「是的。是這樣的，維妮塔……西塞莉曾經和那個吉塞爾往來嗎？」

維妮塔慢吞吞地回答：「我不知道。你別忘記，我是去法國南部。我沒聽到盧比納那些謠言。」

「嗯，老實說，如果答案是肯定的，我也不意外。」

「你覺得呢？」

斯蒂芬若有所思地點了點頭。維妮塔柔和地問道：「你用得著擔憂嗎？要知道，你們是各自獨立過日子，不是嗎？這是她的事，不是你的事。」

「只要她還是我的妻子，這就和我有關。」

「你……呃，同意離婚嗎？」

「這麼不稱頭的事，她是不會接受的。」

「如果有機會，你願意和她離婚嗎？」

「如果有機會，當然。」

「我想西塞莉很了解這點。」

兩人沉默了下來。維妮塔心想：「西塞莉有一副貓的性格，這我是清楚的。她太謹慎、狡猾、凶狠。」

然後她大聲說：「所以，無法可想了嗎？」

他搖了搖頭，然後問道：「維妮塔，如果我自由了，你會嫁給我嗎？」

她望著馬的耳朵，用一種控制得宜的聲調回答：「我想我會。」

斯蒂芬！她在老早以前就一直是愛著他的，從他倆一塊兒參加舞蹈課，一塊兒獵捕小狐狸，一塊兒掏鳥巢起就是。斯蒂芬也是愛她的，但是搆不上他愛西塞莉的那種程度；他是不顧一切地、瘋狂地、全心地愛戀那個機靈、謹慎、貓兒似的女歌手……

「我們一定能共創美滿的生活。」斯蒂芬說。

他腦中浮現了一幅幅畫面：打獵，下午茶、奶油麵包，土壤和樹葉的芳香……那全是些西塞莉不能給他、不能和他共同分享的事。他的眼睛迷濛起來。隨後，他聽見了維妮塔那缺乏熱情、四平八穩的聲音。

「如果你在乎……那又怎樣，斯蒂芬？如果我們開始一塊兒生活，西塞莉就不得不跟你離婚了。」

他生氣地打斷了她。

「我的天，難道你以為我會容許你這麼做嗎？」

「我可不在乎。」

「可是我在乎。」他堅決地說。

維妮塔心想：「只好如此了，真的很遺憾。他雖然太過主觀，倒也不失可愛。不過希望他不要改變才好。」

「好吧，斯蒂芬，我走啦。」

維妮塔說著，用馬刺輕輕碰了馬兒一下。當她轉過身來向他揮手告別的時候，他們倆的視線交織，眼神裡淨是兩人言語間不敢洩漏的感情。

在道路拐彎的地方，維妮塔突然掉了鞭子。一個迎面而來的人把它拾了起來，非常恭敬地還給了她。

「一個外國人，」她謝了他，想了一想。「我好像見過這副面孔。」但她的心思一半被在法國度過的夏日占據了，一半又被斯蒂芬奪去。回到家中的時候，她才突然想起來：「他就是在飛機上讓座給我的那個矮個子呀！審訊時，人家說他是個偵探！」接著，她馬上又想：「他到這裡來是要幹什麼呢？」

13 安托萬美容院

法院訊問後的第二天早上，珍忐忑不安地到了安托萬那兒。

大家所知道的安托萬，實際上叫作安德魯·利奇，他母親是個猶太人，所以他總說自己有外國血統。他一見到珍，便惡狠狠地皺起了眉頭。此刻他流露出他的第二天性，盡情地在他布魯頓街的美容院門前用一口爛英語破口大罵，叱責珍是個大白癡，她幹嘛要坐飛機？簡直是糊塗蛋！由於她的任性妄為，害他的美容院也蒙受巨大損失。一直要等到他氣出得差不多了，珍才獲准離開。走時，她看見她的同事格拉蒂斯向她擠了擠眼睛。

格拉蒂斯長著一頭蓬鬆的金髮，態度有點兒傲慢，說起話來一副失神的職業語調。但在家裡，她的嗓音可是很爽朗愉快，還帶點兒嘶啞。

「不要煩惱，親愛的，」她安慰珍說，「這老怪物只是在窮緊張，放心吧，不會有他擔心的情況出現。嘖，我那很難搞的客人又來了。看她那雙死魚眼。八成又要耍一頓小姐脾氣了。但願她別把那隻討厭的哈巴狗帶來……」

下一刻，格拉蒂斯又換上那副有氣無力、失神的語調。

「早安，太太！今天沒把那隻可愛的哈巴狗帶來嗎？我們先去洗頭，然後亨利先生就會接手。」

珍走到隔壁的小房間，那兒有個染了頭髮的女人，她一面在鏡子裡瞧著自己的臉，一面向女友說：「親愛的，我覺得今天我的臉色好難看……」

她的女友正在無聊地翻閱三星期前的《特寫集》，她冷淡地回答說：「真的嗎，親愛的？我覺得還是跟往常一樣啊。」

珍進來的時候，感到無聊的女人不再翻閱《特寫集》，而是細細觀察起珍，然後說：「親愛的，是她，就是她，我保證。」

「早安，太太。」珍愉快而輕鬆地說道，這種聲調她如今說來已毫不費勁，簡直是輕而易舉。「我猜你到國外旅行去了。」

「去了昂蒂布。」染了髮的女人回答，她也滿有興趣地盯著珍。

「真好！」珍假裝興奮地叫了一聲。「今天你是要洗頭整髮，還是再染一次頭髮呢？」

一瞬間，染了髮的女人不再注視珍，朝鏡子轉過臉去。

「或許，我下星期再來染。天哪，我的樣子好難看！」

她的女友說：「唉，親愛的，現在是早上，難免嘛！」

珍插進來說：「等喬治先生給你整理好頭髮，肯定就不一樣了。」

「告訴我，」染了髮的女人又看向珍。「你就是昨天在法院應訊作證的那位小姐嗎？你在那架飛機上嗎？」

「是的，太太！」

「哦，多刺激啊！唔，告訴我們經過情形！」

珍竭力迎合地說：「嘿，太太，那真可怕啊……」

她開始講了起來，並時不時回答另外一些問題：老婦人是什麼模樣？普羅米修斯號上是否真有兩名法國偵探？吉塞爾謀殺案是否跟法國政府裡的醜聞有直接關係？霍伯里太太是不是在飛機上？這位太太是不是像人家說的那麼漂亮？她本人認為誰是殺人犯？據說這樁案子由於「政治因素」而被壓了下來，等等，等等……

這是當天早上顧客們向珍問這問那的開始。和乘坐過普羅米修斯號的小姐聊一聊，大家都感興趣。每個女顧客隨後都能吹牛上兩句：「太巧了，幫我弄頭髮那個小妹就是那個女孩……如果我是你，也一定要到她那兒去，他們手藝很好……她叫珍……這小孩子長著兩顆大眼睛。如果你親切地問她，她會把一切都告訴你……」

到了一週的末尾，珍的神經開始受不了了。她有時覺得，如果要她再談這樁案件，她會尖叫起來，或拿吹風機丟過去。

最後，她找到了一個最好的宣洩辦法：她走到安托萬先生面前，大膽地要求加薪。

「什麼？你還厚著臉皮提出這種要求？你捲進了謀殺案耶！我還把你留在這兒，不過是出於一片好心！換個心腸不太好的老闆，馬上就會把你辭掉！」

「胡說八道！」珍冷冷地說，「此刻我在店裡，就像一棵搖錢樹，這一點你是心中有數的。如果你想要我走，那我就走。紅黎或者里榭美容院都等著我去呢。」

「誰會知道你去了哪裡？你是不是太自命不凡了？」

「審訊的時候，我認識了一兩個記者，」珍說，「其中一個記者可以在他的報上告訴我的顧客，說我轉到其他美容院去工作了。」

由於擔心真會發生這樣的事，安托萬先生嘮叨一陣，不得不答應珍的要求。格拉蒂斯為朋友的表現拍手叫好。

「做得好，親愛的。」她說，「他根本不是你的對手。如果女人毫無謀生能力，只得任人擺布了。你好有勇氣。」

「自力更生我沒問題，」珍說，她的下巴高傲地翹了起來。「從小我就是靠自己。」

「那你也算命苦，親愛的，」格拉蒂斯說，「但是，不要搞壞了跟安托萬的關係，一味順從是沒有意義的。不過，以我們兩個的個性，實在不用擔心這點。以後，他反而會更加看重你。」

自此之後，述說乘坐普羅米修斯號的經歷——每天會有點變化——成為珍的工作重點。

跟諾曼・蓋爾一塊兒吃飯和看戲的事如期進行。這是一個難忘的夜晚，每句話、每一項祕密交流，都表明兩人嗜好、觀點和興趣完全相同。原來，兩人都愛狗，不愛貓；討厭牡蠣，非常喜歡燻鮭魚；比較中意葛麗泰・嘉寶，而對凱瑟琳・赫本沒有好感；兩人都不喜歡太胖的女人，欣賞烏黑的秀髮；兩人見了塗上鮮紅蔻丹的指甲就厭惡；忍受不了刺耳的聲音和嘈雜的飯館和黑人；寧願乘坐公共汽車，而不願乘坐地鐵。

竟有這麼多的共同之處！兩人都覺得這幾乎是不可思議的。

有一天，珍在安托萬美容院裡打開手提包，偶然把諾曼・蓋爾的一封信掉在地上。她有點兒臉紅的拾起信封，可是格拉蒂斯馬上向她撲來。

「你的男朋友是誰啊，親愛的？」

「我不知道你在說什麼。」珍說道，臉更紅了。

「還想騙我？我知道這封信不是你那個有錢叔公寄來的。我又不是昨天才出生到世上的，他是誰，珍？」

「是一個……我們是在盧比納認識的。他是一個牙科醫生。」

「牙科醫生！」格拉蒂斯厭惡地說：「他一定是有一口白牙，滿臉笑容。」

珍不得不承認確實如此。

「可是他面孔黝黑，眼睛很藍。」

「每人都能有一副黝黑的面孔，」格拉蒂斯說，「可以去海邊曬來，要不一瓶藥水也能解決。『英俊的男人都得有點黑』。眼睛倒還不錯。可是，牙科醫生！他要吻你的時候，你會覺得他是在說：『請把嘴巴張大一點。』」

「別胡說八道，格拉蒂斯。」

「那麼生氣幹嘛？我看你是『深有體會』喔。好，好，亨利先生，我就來……這個該死的亨利！聽他使喚我們的語氣，自以為是萬能的上帝呀！」

在這封信裡，諾曼．蓋爾邀請珍星期六晚上一塊兒吃飯。星期六午餐的時候，珍領到了新增的薪水，心情十分振奮。「想想看，」珍自言自語道，「我先前還那麼擔心在飛機上的事會產生不好的影響。想不到一切變得如此美好……人生的際遇實在太奇妙了。」她滿心喜悅，決定放縱自己一下。她前往科納飯店，打算享受一頓有音樂相伴的午餐。珍在一張有四個座位的桌子旁邊坐下，那兒已經坐了一個中年婦人和一個年輕人。婦人才剛吃完飯。她買單之後，拿起一堆皮包就走了。珍吃飯想著，自己是習慣看書的。就在她翻開某一頁，順勢抬起頭的時候，發覺坐在對面的年輕人正在注意她；她模糊地想起在哪兒見過他的面孔。想著想著，她對上那男人的目光，他向她點了點頭。

「對不起，小姐，你不認識我了嗎？」

珍認真看了他一下。這人有一副十分稚氣俊俏的面孔；但其實他的魅力並不在於此，而是他那靈活生動的表情。

「的確，我們沒有彼此做過介紹，」年輕人繼續說，「除非扯進謀殺案和出庭應訊也算是一種介紹儀式。」

「哦，對了，」珍說，「我真笨！難怪我覺得你面熟。你是……」

「金．杜邦。」年輕人自我介紹，滑稽地彎了彎腰。

珍突然想起格拉蒂斯那句（自己已做過修飾的）話。

「親愛的，如果有一個人追求你，馬上就一定會有第二個。這是自然法則。有時候甚至會有第三個或者第四個出現。」

珍一直以來都過著十足嚴謹而忙碌的生活（完全像每次小姐失蹤後，大家對她的描述：「她是一個愉快、爽朗的女孩，沒有男朋友，等等，等等。」）。珍的確是一個愉快、爽朗的女孩，也剛好沒有男朋友。而現在呢，男人卻圍著她轉了。無疑地，金．杜邦向前傾身的時候，他的面孔顯露的熱情不只是出於禮貌。他看來很高興能坐在珍的對面——不只是高興，而且很喜歡。珍擔憂地想道：「他是一個法國人。據說，對法國人要特別小心。」

「你還在英國嗎？」珍問，心裡責怪自己問得太蠢。

「是的。我父親在愛丁堡演講，所以我們住在朋友家。可是不久——明天——我們就要回法國了。」

「這樣啊。」

「警察還沒逮捕到什麼人嗎？」金．杜邦問道。

「連報上也沒案子的消息。也許，他們已經放棄。」

金．杜邦搖了搖頭。

「不，警方不會放棄的。他們只是不動聲色，」他表情豐富。「在暗中進行……」

「別說了，」珍要求道，「我都起雞皮疙瘩啦。」

「是呀，知道某個人被殺害，而自己就在現場，那滋味的確不很舒服……」金．杜邦說：「而我比你離得更近，等於就在旁邊了，有時想起來就覺得害怕。」

「照你看來，這是誰下的手呢？」珍問道，「我百思不解。」

金．杜邦聳了聳肩。

「不是我。她長得太醜了！」

「哦，」珍說，「我想你比較可能去殺一個醜陋的女人，而不會殺漂亮的女人吧？」

「才不是。如果一個女人很漂亮，你喜歡她，她卻玩弄你，故意讓你吃醋，讓你失去理智，『好，』你會說，『我要殺死她，這樣我才吞得下這口氣。』」

「這樣就吞得下這口氣？」

「我不知道，小姐，我沒試過。」他笑了起來，搖了搖頭。「不過像吉塞爾那樣的醜婦人，誰會沒事找事去殺她啊？」

「這是你個人的看法，」珍皺眉蹙額地說，「或許從前她既年輕又漂亮。想起來真是可悲。」

「我知道，我知道。」他忽然變得嚴肅起來。「女人會變老，這是人生最大的悲劇。」

「看來，對於女人及女人的外貌，你有很多見解。」珍取笑地說。

「當然，它是最有趣的問題。你對這一點感到奇怪，是因為你是一個英國人。英國人認為人生最重要的事是自己的工作——美其名為『服務』，其次是體育活動，最後（在最好的情況下）才是自己的妻子。是的，是的，真是這樣。在敘利亞的一個小旅館，我認識了一個人，是個英國人，他的妻子患了重病。而他自己一定要在某一天到達伊拉克的某地。最後，你相信嗎，為了準時完成任務，他扔下妻子，走了。他和他的妻子都認為這是理所當然的，甚至認為這是一種崇高、負責的態度。然而，那個醫生不是一個英國人，他說這個英國人是野蠻人，說妻子、個人才應當放在首位，工作呢，是比較次要的。」

「我不知道，」珍慢吞吞地說，「依我看，工作應該比較重要。」

「可是為什麼呢？你看，你果然也是這樣的觀點。照我看來，把時間花在追求女人、寵愛女人上面，要比拚命工作賺錢崇高、偉大得多了。」

「哦，呃，」珍笑了起來。「我覺得與其被人刻板地當作要履行義務的對象，那還不如被看成是一個讓人沉淪的尤物。我希望男人是因為喜歡而追求我，而不是把我當作履行責任的對象。」

「沒有人會那樣看你的，小姐……」

他這話說得很真誠，珍有點兒臉紅。他繼續說：「我只到過英國一次。在審訊……你們是這麼稱呼的吧，那天我看見了三個年輕迷人、差異很大的女人，讓我感到十分有趣。」

「唔，你對她們有何想法呢？」珍逗趣地問道。

「那個霍伯里太太。噢，這種人我非常了解。她們十分古怪，高不可攀。在巴卡拉牌桌邊，經常能看見這樣的人：柔和的臉蛋，冷酷的表情……你想像得到——就說十五年後吧——她會變成什麼樣子。她憑感覺生活，那女人，憑刺激的消遣，或許也憑麻藥……說到底，那是個無趣的女人。」

「克爾小姐呢？」

「她是一個道道地地的英國女人，任何一家里維拉的商店都會為她背書，你知道，那些人是很會看人的。她的衣服剪裁合度，可是像男人的衣服。她走起路來，彷彿整個地球都是她的。不，她並不自負；只不過，她是個英國女人。她知道英國每個地方的人是從哪裡來的。這是真的。我在埃及就碰到過這樣的人。『什麼？這是胡說八道吧？約克郡的新聞？什羅普郡的新聞？』」

他很會模仿，那拖長的發音和文謅謅的腔調，都使得珍忍不住要笑出來。

「再來是……我。」她說。

「再來是你。我對自己說：『如果有朝一日能和她再度相見，那該多好啊。』所以囉，我就坐在你面前啦。上帝有時還是挺會安排的。」

「你是一個考古學家，對吧？你常常在挖掘古物？」珍問道。

她注意地傾聽金．杜邦敘述自己的工作。最後她嘆了口氣。

「你遊歷過那麼多的國家，見過那麼多事物，實在有趣。我就從來沒有機會見識外面的……」

「你想出國旅行，想去荒山野林嗎？可是在那些地方，你就不能燙頭髮了。」

「嘿，我的鬈髮是天生的。」珍回答，笑了笑。

忽然她醒悟過來，看了手錶一眼，急忙向女服務生要了帳單。

金·杜邦有點慌亂地說：「小姐，如果你肯賞光的話……我跟你說過，明天我就要回法國……今天晚上你能不能跟我一塊兒吃頓飯？」

「抱歉，我不能。我已經有約了。」

「真遺憾，非常遺憾。你短期內會不會再去巴黎？」

「應該不會了。」

「我也不知道什麼時候再來倫敦。好可惜！」他握著珍的手稍微站了一會兒。「我很盼望再見到你，非常盼望！」他說，聽起來像是說真的呢！

14 馬瑟爾區

就在珍從安托萬那兒出來到科納飯店去吃午飯的同時，諾曼．蓋爾正用真誠的口吻向一個女患者說：「可能有點感覺……如果疼，你就說。」他用老練的手巧妙地操縱電動牙鑽。

「嗯，好啦……羅斯小姐！」

羅斯小姐馬上來到旁邊，在板子上攪拌少量的白色填充物。

諾曼．蓋爾給女患者補上填粉，問道：「我看看，你是下星期二要來補其他牙齒嗎？」

女患者用力地漱了口，然後做了冗長的說明。很抱歉，她要到外地去，因此，下星期的預約得改期了。當然，她一回來，就會馬上聯絡醫生。說完，她就急匆匆地溜出診療室。

「看來，」蓋爾嘆了一口氣。「今天大概就這些了。」

「希金森太太打電話來要我轉告，她取消了下星期的預約，也不需要再改期。噢，布倫特上校星期四也不來了。」

諾曼．蓋爾沉下臉來，點了點頭。每天都是這樣。患者打電話來取消預約。各種各樣的理由和藉口，因事外出啦，就要出國啦，傷風感冒啦，人不能來啦……無論用什麼藉口，那都不重要。真正的原因呢，諾曼．蓋爾已在最後一個女患者眼裡看到了：他一拿起牙鑽來，她就驚惶失色。他甚至能在紙上記下那個女人心裡的嘀咕：「哎喲，我的天，那個倒楣的婦人遇害的時候，他就在那架飛機上呀……有時候，人是會喪失理智犯下最不可思議的罪行。真沒安全感，這人搞不好是個殺人狂。聽說他們表面上和所有人一樣……我總覺得他的眼神有點兒鬼鬼祟祟……」

「看來，」蓋爾說，「下星期我們比較清閒了，羅斯小姐。」

「是呀，好多預約都已經取消了。嗳，你趁機休息一下也好。今年夏天你工作得太辛苦了。」

「看來今年秋季就不會那麼辛苦了，不是嗎？」

羅斯小姐沉默下來。幸好電話鈴響使她免於回答，她從房間裡走了出去。

蓋爾把器具放在消毒器裡，反覆思量：「看看我的處境。說穿了，這件事簡直要害我失業了。妙的是，珍倒是因禍得福。客人都專程去看她。想想，這根本是本末倒置，他們有必要來讓我看牙，可是偏偏不肯來。坐在牙科醫生的椅子上，就是會覺得不舒服……如果醫生突然發起火來，那怎麼辦？

「殺人是件多奇怪的事！本來以為只是很單純的行為，但卻不是，好多你想不到的事牽扯進來……不過，回頭看看事實吧。我這個牙科醫生似乎差不多給毀掉了……試想，如果他們突然逮捕了霍伯里太太，那會怎樣呢？我的患者們會再回頭找我嗎？這很難說。不知什麼時候又會碰到厄運……這有什麼關係？我不在乎，真的。因為珍……珍是那麼好。我要她。不過，還沒辦法擁有她……真惱人啊！」他微微一笑。「我覺得，我們漸入佳境了。她喜歡……她會等待……哼，我應該去加拿大……沒錯，去那裡賺錢。」他笑了起來。

羅斯小姐回來了。

「洛里小姐說，她很抱歉……」

「她就要去廷布克圖[8]，」蓋爾替她把話說完。「情況不好。或許，你得另謀高就了，羅斯小姐。看來，我們的船要沉底啦！」

「噢，蓋爾先生！我不想離開你……」

「乖女孩。我知道你很勇敢。但我說的是真話。這件事如果不查清真相，再不出現奇蹟，我就完了。」

「總該採取一些行動吧！」羅斯小姐叫了一聲。「我看，警方應該感到羞恥，他們根本沒有盡力。」

蓋爾微微一笑。

「我想他們一定試過各種辦法了。」

「應該有人出來做些什麼。」

「沒錯。我滿想採取什麼行動，但根本不知道要做什麼。」

「哦，蓋爾先生，你一定有辦法！你是那樣聰明啊！」

「我在她眼裡是個英雄，」諾曼·蓋爾心想。「她或許可以幫我做些調查工作，但我心中已經有了另一個人選。」

就在這天晚上，他和珍一起吃飯。他努力佯裝情緒很好，但珍是很有洞察力的，沒有被瞞過去。她發覺蓋爾有時突然心不在焉，也看到他雙眉的皺紋和繃緊的嘴巴。終於她忍不住問道：「怎麼了，蓋爾，情況不大好嗎？」

他迅捷地看了她一眼，然後移開目光。

「嗯，也沒什麼大不了，時節不對。」

「別說傻話。」珍急躁地說。

「珍！」

「我是說真的，你以為我沒看出你的不安嗎？」

「我不是不安，只是苦惱而已。」

「你是說患者擔心……」

8 廷布克圖（Timbuktu），西非馬利共和國的一個城市，位於撒哈拉沙漠南緣。

「擔心他們的牙齒讓一個殺人嫌犯來治療？正是這樣。」

「是呀，沒錯！正因為，說實在的，珍，我是一個脾氣很好的牙科醫生。我不是殺人犯。」

「多麼不公平！」

「這真可怕！應該要有人採取行動才對，蓋爾。」

「我的助手羅斯小姐今天早上也是這麼說。」

「她是個什麼樣的人？」

「噢，我不知道。她個頭很大，瘦骨嶙峋，鼻子像那種搖滾木馬，能力很強。」

「呵，看來很不錯嘛！」珍大方地說。

蓋爾把這句話視為策略成功的反應。實際上，羅斯小姐並不像他描繪的那麼壯碩，而且她有一頭誘人的紅髮，然而，蓋爾覺得，他不提後面這種情況是比較妥當的。

「我是想做點什麼，」他說，「如果我是偵探小說中的人物，我一定要去尋找線索，或跟蹤什麼人。」

突然，珍悄悄地扯了一下他的衣袖。

「瞧，克蘭西先生在那兒——你知道，就是那個作家——正獨自坐在牆邊呢。我們可以跟蹤他。」

「可是我們不是要去看電影嗎？」

「別管電影了。我覺得，這一切好像冥冥之中自有安排。你才在說想跟蹤什麼人，馬上就出現了一個人選。不試怎麼知道？或許我們真能找到什麼線索。」

珍的熱情富含感染力，蓋爾滿心樂意地採納了她的意見。

「就聽你的。你說他坐在哪兒吃飯？我得轉身才看得清楚，但我不想回頭看。」

「他坐的地方跟我們在同一排，」珍回答，「我們吃快一點，最好趕在他的前面付帳。等他要離開時，我們就可以跟上去。」

他們照計畫進行。當克蘭西最後站起身來，走上迪安街的時候，蓋爾和珍幾乎是貼在他腳後跟走了。「怕他會坐計程車。」珍解釋道。克蘭西並沒有叫計程車，他手裡拿著外套，沒去注意外套拖在地上，就這樣在倫敦街頭漫步走著。他的走法有點奇怪，一會兒快步前行，一會兒又懶洋洋地拖著步子，像是要停下來似的。

有一次，他準備穿過一個十字路口，就在已經踏上人行道的邊緣時，突然止住了，好像成了一幅「慢速電影」。

他行進的方向也很奇怪。有時按直角轉了許多次彎，在有些街道上還來回走了兩次。珍的精神亢奮。

「你瞧，」珍興奮地嘟囔說，「他怕別人跟蹤他，拚命想甩掉我們！」

「你這麼認為？」

「當然，沒人會那樣兜圈子。」

他們趕快跑，拐過一個街角後，差點撞上了他們的獵物。克蘭西正立定凝視著一家肉店的招牌。肉店是關著門的，可是克蘭西的注意力被裡面什麼吸引住了。只見他說：「好極了，這正好是我需要的。真是好運！」

他從衣袋裡掏出一個筆記本，在裡面細心寫了幾個字，就急匆匆地往前走，一面喃喃地不知咕嚕什麼。他徑直朝布魯斯貝利區走去。偶爾，他會掉過頭來，珍和蓋爾可以瞧見他的嘴唇在動。

「事有蹊蹺，」珍說，「他心裡很憂慮，甚至不知道自己在自言自語！」

就在克蘭西先生在人行道邊上停下來等候綠燈時，蓋爾和珍趕上了他。珍說得沒錯。克蘭西先生是在對自己說話，而且面色蒼白，惶恐不安。蓋爾和珍聽到了幾個字：「她為什麼不肯說呢？一定有什麼原因……」

綠燈亮了。等他們到了對面時，克蘭西先生又說：「我知道了，唔，當然囉！正是因為如此，她不得不沉默……」

珍擰了一下蓋爾的胳膊。

現在，克蘭西先生疾行起來，外套整個拖在人行道上。克蘭西先生走得很急，並沒發現兩個追蹤他的人。驀然間，他在一座房子前面停下，打開房門，走了進去。

蓋爾和珍彼此交換了個眼色。

「這是他自己的房子，」蓋爾說，「卡丁頓廣場，四十七號。這個住址在審訊的時候說過。」

「對，」珍說，「過一會兒，他或許還會出來。但是，不管怎樣，我們總也『聽到』了一點兒情況。有個人，一個什麼女人『不得不沉默』，另外則有女人『不肯說』。我的天，這太像偵探小說的情節了。」

「晚安！」

黑暗中傳來了一個聲音，在燈光下，出現了一把漂亮的鬍子。

「沒錯，」赫丘勒・白羅說，「這是一個適合追蹤的夜晚，對吧？」

15 布魯斯貝利區

兩個年輕人吃了一驚。諾曼・蓋爾第一個領悟過來。

「對了！」他叫了一聲。「這是……這是……白羅先生！你還在努力洗刷冤屈嗎，白羅先生？」

「可見你還記得我們那次的談話。你們懷疑倒楣的克蘭西先生嗎？」

「你也一樣啊！」珍敏銳地說道，「否則你就不會在這兒了！」

白羅沉吟地看了看她。

「你什麼時候想過謀殺這種事，小姐？我說的是做一種冷靜、客觀的抽象思考。」

「這事之前我從來沒想過這種事。」

赫丘勒・白羅點了點頭。

「沒錯，你現在會想到它，是因為你本身有了經驗。但我處理這類事情幾達數十年了，我對此有自己的觀點。你覺得什麼事是你調查謀殺案時最重要的信念？」

「找到殺人犯。」珍說。

「追求正義。」諾曼．蓋爾說。

白羅搖了搖頭。

「還有比發現殺人犯更重要的事；追求正義是個好聽的詞語，但很難確切了解它的真意。在我看來，重要的事是：還無辜者一個清白。」

「哦，當然，」珍贊同地說，「這是不言而喻的。如果有無辜的人被指控……」

「甚至不完全是這樣。可能還不到被指控的程度。但是，除非真凶已被證據確鑿地蓋棺論定，否則每個和謀殺案沾點邊的人都多多少少會受到不同程度的傷害。」

諾曼．蓋爾用力地說：「就是這樣！」

「我們太清楚了！」珍說。

白羅瞧了瞧他們。

「我明白了，你們已經感受到這一點。」

突然，他變得嚴肅起來。

「走吧，我還有事要辦。我們既然有共同的目標，那就通力合作吧。我準備去訪問我們這位天才朋友——克蘭西先生。小姐，我想請你充當我的祕書，和我一塊兒去。這是給你速記用的筆記本和鉛筆。」

「但是我不會速記呀！」珍喘了一口氣。

「當然！但你反應敏捷，頭腦靈活，你只要拿鉛筆在本子上做做樣子就好。這沒問題吧？很好！至於蓋爾先生，我們……我們大概過一個鐘頭跟你見面。就在『貴族』餐廳樓上如何？好！到時候，我們再來交換意見。」

白羅立即堅決地朝房子走過去，揿了揿電鈴按鈕。

有點慌張的珍跟在他後面，緊抓著筆記本。蓋爾張嘴打算反對，可是轉念一想，認為這樣也許更好一些。

「好吧，」他表示同意。「過一個小時在貴族餐廳見面。」

開門的是一個看來頗凶的中年婦人，穿了一身整潔的黑衣服。

白羅問道：「克蘭西先生在家嗎？」

婦人稍往後退，於是白羅和珍走了進去。

「先生貴姓？」

「赫丘勒．白羅。」

這嚴肅的婦人走上樓梯，把他倆領到二樓的房間。

「是赫爾．克勒．波特先生。」她在門檻邊通報了一聲。

一進房間，白羅馬上就明白，克蘭西先生在克洛登作證時表示自己「不是個愛整潔的人」是什麼意思了。這個長方形的房間，一面有三扇窗子，靠牆是書架和書櫥，無論哪裡都是雜亂無章，到處扔著紙張、厚紙板、香蕉、啤酒瓶、翻開的書、沙發墊子、長號樂器、各樣小玩具、版畫，以及各種不可思議的鋼筆。在這一團混亂之中，克蘭西正在撥弄照相機和膠捲。

「我的天！」克蘭西先生聽說來了客人，馬上抬頭叫了一聲。他放下手裡的照相機，膠捲便馬上掉到地板，鬆開了。

「你還記得我吧？」白羅問道，「這是我的祕書，格雷小姐。」

「你好，格雷小姐！」作家和珍握了握手，又向白羅轉過身去。「是的，我當然記得你，在……咦，是在哪裡？在『骷髏』俱樂部嗎？」

「我們和你都是發生命案的那架飛機上的乘客，從巴黎起飛的。」

「噢，是了！」克蘭西先生揚聲說道，「格雷小姐也是！但我不知道她是你的祕書。我怎麼有印象她是在哪個時裝公司或者這類的地方工作？」

珍不安地瞅了白羅一眼。可是白羅相當鎮靜。

「完全正確，」他說，「格雷小姐是個出色的祕書，但有時候不得不兼差，擔任某種工作……你明白我的意思嗎？」

「當然。」克蘭西先生點了點頭。「我現在開始記起來了，你是一位偵探吧？真正的偵探，不是蘇格蘭警場那種。私家偵探。請坐，格雷小姐，不，不是那裡，那把椅子上大概灑過橘子汁。我來把這個文件拿走……哎呀，東西全掉出來了！不要緊。請坐在這兒吧，白羅先生。『白羅』，我說得對嗎？椅子靠背其實沒壞，但你往後一靠，它就會有點兒吱嘎作響。總之，最好別太用力靠。你是私家偵探，就像我的小說人物威布罕・賴斯一樣。讀者很喜歡威布罕・賴斯。他啃指甲，愛吃香蕉。我不知道為什麼要讓他啃指甲，那很討人厭，可是已經寫下去了。一開始我讓他啃指甲，現在，每一本新書他都得啃。真無趣。但是，吃香蕉就好多了，這可以製造一些笑料——罪犯經常在果皮上滑倒。我非常愛吃香蕉，所以才會有這個念頭。可是，我不啃指甲。來點兒啤酒怎麼樣？」

「謝謝你，不用了。」

克蘭西先生嘆了口氣，在椅子上坐下，認真地望著白羅。

「我知道你們是為吉塞爾謀殺案來的。我反覆琢磨過這件事，不管怎麼說，它實在太不可思議了，在飛機裡使用毒針和吹管……正如我跟你說過的，以前我在自己一本小說和短篇故事裡就有過這樣的情節。這當然是令人震驚的事件，白羅先生，但我必須承認，我感到極度不安、非常不安。」

「我明白，」白羅說，「你是個推理作家，自然對犯罪案件有興趣，克蘭西先生。」

克蘭西先生喜形於色。

「正是這樣！可是，你別以為別人——甚至警方——能夠了解這點，才不會呢。包括警察、包括法官，全在懷疑我。我好心站出來幫助司法機關，可是辛苦一場之後，換來的卻是一群笨蛋的猜疑！」

「不必難過，」白羅說，「看來，這並沒有對你產生很大的影響。」

「唉，」克蘭西先生嘆了口氣。「你知道，我有我自己的紓解方法，華生[9]。真搞不懂我們這位呆瓜朋友所使用的招數為何總是一成不變……我個人認為，大家對夏洛克．福爾摩斯的故事評價過高了。太多的錯誤充斥著令人不敢相信的謬誤……我說到哪裡去了？」

「你說你有自己的紓解方法。」

「啊，對啦。」克蘭西先生向客人挪近一些。「我把這個警探……他叫什麼名字，傑派嗎？對，我把他放在下一本新書裡。你們到時候可以看看威布罕．賴斯怎麼和他交手。」

「或許可以說是香蕉之戰？」

「香蕉之戰……說得好，說得好！」克蘭西先生咯咯大笑。

「你有十足的本錢當作家，先生，」白羅說，「你能夠利用作品傾訴胸懷，你可以用筆征服你的敵人。」

克蘭西先生往後一靠。

「你知道，」他說，「我現在開始覺得，這樁謀殺案對我其實滿有益處。我要把它原原本本地寫出來，自然是用小說的形式，而且把它叫作『空中巴士之謎』。所有的乘客都會被

9 神探福爾摩斯的助手。

我描述得栩栩如生。這本書一定會很快賣光，只要我能及時寫出來就行。」

「書裡不會有任何誹謗和中傷吧？」珍問道。

克蘭西先生朝她笑了笑。

「不會，不會，親愛的小姐。當然，如果需要把一個乘客設計為殺人犯，我可能會中傷到他。但是，重點在這裡，我在最後一章會給大家一個完全意料不到的結局。」

「是什麼結局呢？」白羅先生很感興趣地問道。

克蘭西先生又咯咯咯笑了起來。

「獨創一格！」他得意地說，「獨創一格又緊張刺激。一個假扮駕駛員的女孩，在布爾歇登上飛機，並在吉塞爾太太的座椅下面躲藏起來。她隨身帶了一小瓶最新奇的瓦斯。她放出瓦斯，所有的人三分鐘內都失去了知覺。於是她從座位底下爬出來，向吉塞爾太太射出毒針，然後從飛機的後門跳傘……」

珍和白羅彼此看了一眼。

「為什麼她自己聞到瓦斯時沒有失去知覺呢？」珍問。

「她戴了防毒口罩囉。」克蘭西先生兩手一攤。

「所以她會降落到英吉利海峽裡囉？」

「不會，我會讓她降落在法國海岸。」

「不管怎樣，沒人可以藏在椅子下面，那兒沒有空間可藏。」

「在我的飛機裡，就會有空間！」克蘭西先生堅決地說。

「高招。」白羅說，「你的這位小姐有什麼殺人動機呢？」

「我還沒決定好，」克蘭西先生躊躇地說，「可能是，吉塞爾太太害這小姐的情人破產，自殺了。」

「但她是怎樣弄到毒藥的呢？」

「這就是她高明的地方了。」克蘭西先生說，「這女孩是個會玩蛇的人。她從自己養的蟒蛇身上弄到蛇毒。」

「我的上帝！」赫丘勒．白羅驚嘆一聲。「你不覺得這有點誇張嗎？」

「因為有些東西不能亂寫，」克蘭西先生堅決地反駁。「尤其是內容涉及箭毒和南美印第安人。我知道，那是一種蛇毒；可是，原理都相同。歸根究柢，偵探小說不必像真實的生活一樣吧？你看看報紙上那些新聞，無聊得簡直叫人難受！」

「少來了，先生，難道你認為我們這樁謀殺案無聊得叫人難受？」

「不，」克蘭西先生回答，「其實，我簡直不敢相信會發生這樣的事。」

白羅把吱吱嘎嘎的椅子移近主人一些，低聲親膩地說：「克蘭西先生。你是一個富於想像力的聰明人。正像你自己所說的，警方還在懷疑你，所以他們沒有徵求你的意見。可是我，赫丘勒．白羅，願意向你討教一番。」

克蘭西先生興高采烈起來。

「你太客氣了。」

「你研究過犯罪學，你的看法一定很值得參考。我很有興趣知道，依你看，這是誰下的手？」

「呃……」克蘭西先生猶豫了一下，遲鈍地拿起一根香蕉吃起來。他臉上的興奮表情逐漸消失，然後，他搖了搖頭。「你知道，白羅先生，我寫小說的時候，愛把誰當成殺人犯就把誰當成殺人犯。可是，在現實生活中，當然存在著真正的殺人犯。在這裡，作家是無權改變事實的。你知道，要說充當一個真正的偵探……」他傷感地搖了搖頭，把香蕉皮扔到壁爐裡，嘆了一口氣。「我恐怕不是那塊料！」

「我們一起來想想，那或許會有趣一點。」

「哦，那倒是。」

「先從這裡開始，如果只是猜著好玩，你會選誰呢？」

「我認為是兩個法國人當中的一個。因為吉塞爾是法國人。這樣可能性較高。他們就坐在她的對面，距離很近。但說實在，我不知道。」

「殺人取決於動機。」

「當然，當然。我猜你一定會很有科學精神的把它們列出一張表來。」

白羅沉吟地說：「我的方法很落伍，我信奉一句古老的經驗法則：找出既得利益者。」

「這是一句至理名言，」克蘭西先生表示贊同。「但是我看，在這件案子上，情況比較複雜。我聽說，吉塞爾有個女兒會繼承她的財產。不過，她的死或許也對飛機裡許多人有利。因為我們都知道，吉塞爾太太有許多客戶，其中可能有些人暫時沒有能力還錢……」

「對，」白羅說。「我還可以想出其他可能。假定吉塞爾太太知道某個客戶——就說是個殺人未遂的人——的祕密呢？」

「殺人未遂的人？」克蘭西先生重問了一聲。「怎麼說是殺人未遂？好奇怪的論調。」

「面對這種特別的案子，什麼情況都得想到。」

「嗨！」克蘭西先生叫嚷一聲。「想到有什麼用處？需要的是『知道』。」

「有道理，對，非常正確的觀點。」白羅說，「對不起，你買的那個吹管……」

「他媽的吹管！」克蘭西先生又嚷道，「真希望我沒說過就好。」

「據你說，你是在查令十字路買到的。順便問問，你記不記得那家商店的名字？」

「大概是『艾布索隆』商店，還是『米切爾和史密斯』商店，我記不得了。但我已經把一切告訴了那個討厭的警官。現在，他大概都已調查過了。」

「噢，」白羅說，「我問你完全是為了別的原因。我想去買這個東西，做一個小小的試驗。」

「喔，我明白啦。不過，你未必能買到一模一樣的，因為，他們不是大批進貨的。」

「反正我想試一試。格雷小姐，請你記下那兩個店名好嗎？」

珍打開筆記本，用鉛筆迅速畫了畫，裝出一副熟練（她希望）的筆勢。然後，她又用一般的寫法在紙頁背面悄悄地寫上兩個店名，以防白羅的指示是真的。

「現在我們該走啦，」白羅說，「我們已經耽誤你好多時間。十分感謝你的盛情接待。」

「不用謝，不用謝，」克蘭西說，「你們吃點香蕉吧。」

「你真好。」

「哪兒的話！我覺得今天晚上很高興。本來我才在為一篇故事頭痛，怎麼也寫不好，無法給罪犯想出一個恰當的名字。我想要取個比較奇特的名字……我的運氣不錯，在一間肉鋪店的門上意外發現了一個合適的名字：帕吉特！這恰巧是我要找的名字，聽起來很自然。過了五分鐘，我又找到了第二件東西。在偵探小說中，偵探辦案經常出現某些意外的障礙。譬如說，這小姐為什麼不願吐露實言？這年輕人試著誘她開口，但她守口如瓶。其實從來就沒有什麼了不起的理由不能吐實，但你總得幫她們找一個還過得去的藉口。悲哀的是，每次都很難找！」他向珍微微一笑。「這算是作家的報應吧！」說著，他越過她身旁，朝書櫥奔過去。「有個東西我一定要給你。」回來時他手上多了一本書。「《紅色花瓣的祕密》。我在克洛敦曾經提過，這本書的內容涉及毒藥和土人的箭。」

「十分感謝。你真好！」

「不用謝！我看，」克蘭西先生突然向珍說，「你不愛用皮特曼速記法吧？」

珍突然面紅耳赤。白羅立即給她解圍。

「格雷小姐非常現代化。她用的是一種捷克人最近才發明的最新速記法。」

「真的嗎？那是一個多麼有趣的地方——捷克斯洛伐克！我們用的每樣東西幾乎都是從那邊來的：鞋子啦，玻璃器皿啦，手套啦，現在又是最新速記法！非常、非常有趣！」

作家和客人們握了握手。

「我希望有機會再為你們效勞。」

接著珍和白羅便離開了。作家站在他那混亂不堪的房間中，望著他們倆的背影，並若有所思地微微一笑。

16 作戰計畫

從克蘭西先生家裡出來後，他們坐進計程車，朝貴族餐廳駛去，諾曼．蓋爾已在那兒等候他們。

白羅叫了一份肉羹和雞肉凍。

「情況如何？」蓋爾問道。

「格雷小姐，」白羅說，「不愧為一個超級祕書。」

「我可不覺得，」珍困窘地說，「他從我旁邊走過的時候，看了我寫的東西。你知道，他應當很善於觀察。」

「啊哈，你也注意到了！我們可愛的克蘭西先生，根本不是別人想像的那麼漫不經心嘛。」

「你真的需要那兩個地址嗎？」珍問道。

「我認為，它們可能用得上……是的。」

「可是，如果警察……」

「哎，什麼警察！我可不會再問警察提過的那些問題，雖然我懷疑，他們到底有沒有問過什麼問題。因為警察已知道飛機裡發現的那支吹管是個美國人在巴黎購買的。」

「在巴黎？美國人？可是飛機裡並沒有美國人。」

白羅溫和地笑了一下。

「完全正確，美國人在這裡出現，是為了使事情複雜化。就是這樣。」

「是一個男人買的吧？」蓋爾問道。

白羅十分詫異地看了他一眼。

「是的，」他說，「是一個男人買的。」

蓋爾顯得有點迷惑。

「不管怎樣，」珍說，「那不是克蘭西先生。他自己已經有了一個吹管，用不著再去買另一個！」

白羅點了點頭。

「現在應該這樣辦：依次懷疑每一個人，再把他或她從名單上畫掉。」

「你已經畫掉了誰呢？」珍問。

「並不像你所想的那麼多，小姐。」白羅回答，向她眨了眨眼。「你得知道，一切關鍵取決於動機。」

「有沒有……」蓋爾停住，然後用抱歉的口吻繼續說：「我不想過問公家的機密，可是，難道這個婦人的交易記錄都沒留下嗎？」

白羅搖了搖頭。

「所有的記錄都燒掉了。」

「哦，太不幸了！」

「當然！可是，看來，吉塞爾太太把勒索這個手段和她的高利貸事業做了巧妙結合，因此也使我們的調查範圍擴大。例如，假設吉塞爾太太知道某人的犯罪行為……比方說，知道某人曾有過謀殺未遂——」

「可是，做這種推測有任何理由嗎？」

「當然有。」白羅慢吞吞地說，「那是這件案子的一個小小證據。」

他輪流望望那兩個好奇的面孔，輕輕地舒了一口氣。

「好吧，」他說，「我們談談別的。就談這個不幸事件如何影響你們兩個年輕人的生活，如何影響你們的前途。」

「聽起來很不厚道，不過這件事顯然對我有好處。」珍態度坦率，說她加薪了。

「小姐，你說這對你有好處，但我認為這只是暫時的好處。記住這句話，即使九天的轟動也維持不到九天。」

「說得很對。」她笑道。
「我倒擔心我的混亂狀況會超過九天。」蓋爾說。
他敘述了自己的情況。白羅同情地傾聽。
「你說得對，」他沉思地表示同感。「這可能會延續九星期，甚至九個月。轟動事件很快就會銷聲匿跡，不良影響卻會長久存在。」
「你覺不覺得我應該換個環境？」
「你有什麼計畫嗎？」
「是的，我想拋下這裡的一切，到加拿大或哪裡重新開始。」
「我保證那會更慘！」珍斷然說道。
蓋爾看了她一眼。白羅很識相地把自己的注意力轉到雞肉凍上。
「我其實並不想走。」蓋爾說。
「如果我找到了殺害吉塞爾太太的凶手，你就不必走了。」白羅安慰他說。
「你真的能找到嗎？」珍問道。
「如果善用方法和條理，那對誰都不是問題。」白羅嚴肅地說道。
「哦，我懂。」其實不懂的珍答道。
「不過我現在有個問題，如果有你們幫忙會比較容易解決。」
「怎麼幫？」

白羅遲疑了一兩分鐘，然後說道：「這要請蓋爾先生幫忙，或許，之後也要請格雷小姐幫忙。」

「我能做什麼呢？」蓋爾問道。

白羅斜眼瞟了他一下。

「這事你不會喜歡的。」他預先說明。

「究竟是什麼事？」年輕人忍不住重問一聲。

為了不去傷害英國人脆弱的神經，白羅故意用了牙籤，然後說：「老實說，我需要……一個勒索者。」

「勒索者！」蓋爾不相信自己的耳朵，驚訝地盯住白羅。

「沒錯，勒索者！」白羅點了點頭。

「可是，為了什麼呢？」

「廢話！為了勒索嘛。」

「對，但我問的是，勒索誰？為了什麼？」

「為了什麼？」白羅重問。「這是我的事。至於要勒索誰……」他沉默了一下，然後平靜地、一本正經地說了起來，「現在我向你講講自己的計畫。你寫一封便函——是我寫，你抄——給霍伯里伯爵夫人。你要在信封上寫上『親啟』二字。你在便函裡要求會晤。你要伯爵夫人想起，你曾和她一起搭乘普羅米修斯號飛回英國。你要提到吉塞爾太太的某些交易落到了你的手裡。你得到了同意之後，就去說我要你說的事情（這我到時候會教你）。你向她索取……我們暫且考慮……一萬英鎊！」

「你發瘋啦！」

「絕對沒有，」白羅說，「我可能是有點反常，但絕對沒有發瘋。」

「假如霍伯里夫人派人去叫警察呢？我不就得坐牢去了！」

「她不會派人去叫警察。」

「你哪知道。」

「親愛的，說真的，我全都知道。」

「可是，我不喜歡這種事。」

「你不會拿到那十萬英鎊的——如果這會讓你好過一點的話。」白羅頑皮地眨眨眼。

「是的，不過，白羅先生，這種冒險可能會把我毀掉。」

「不，不，不，她一定不會去叫警察，請你放心。」

「她可能會告訴她丈夫。」

「她不會告訴她丈夫。」

「我不喜歡這種搞法。」

「那你就喜歡失去所有的患者，葬送自己的前途嗎？」白羅向諾曼．蓋爾和藹地微笑了一下。「你對勒索感到厭惡，是這樣嗎？這很自然，因為你具有騎士精神。但我可以向你保證，霍伯里夫人配不上這些高尚的情操，她是一個相當卑劣的人。」

「反正她不可能是殺人犯！」

「為什麼？」

「為什麼？因為珍和我就坐在她的對面，如果是她，我們早就看見了。」

「你有太多預設立場了。我必須弄清曲直，去做我應該做的事。」

「勒索女人的事不合我的胃口。」

「我的上帝！這是什麼話！根本不會有任何勒索。你只要製造某種氣氛就行了。基礎奠定以後，我就出場。」

「如果你讓我去坐牢……」

「不，不，不，蘇格蘭警場的人都很了解我。如果發生什麼事，我承擔全部的責任。但是，任何事情都不會發生，我向你保證。」

蓋爾嘆了一口氣，降服了。

「好，我同意去。但我一點也不喜歡這種做法。」

「好，這是要讓你寫的。鉛筆拿起來吧。」

白羅慢慢地唸。

「就這樣，」他說，「隨後我再告訴你該說些什麼……珍小姐，你常去看電影嗎？」

「是的，常去。」珍回答。

「很好。你看過，比方說，《南半球》？」

「是的，大約一個月前看過，是一齣好戲，美國人拍的。」

「你記得哈里這個角色嗎？是由雷蒙德．巴勒羅夫先生扮演的。」

「記得，他很出色。」

「你認為他很迷人吧，是吧？」

「十分迷人。」

「噢，相當有男性魅力？」

「絕對是。」珍笑道。

「他不僅迷人，還是一名優秀的演員吧？」

「哦，我想，他演得很好。」

「我得跟他見見面。」白羅說。

珍大惑不解地望著他。這矮個子真古怪，不斷從一個話題跳到另一個話題，就像一隻鳥兒從一根樹枝跳到另一根樹枝。

白羅猜到她的心思，微微一笑。

「你不太認同我吧，小姐？不太認同我的方法？」

「你跳得太快了。」

「不，不是的。我是合乎邏輯、循序漸進地按照自己的方針行事。不能隨便做出結論，必須採取排除法。」

「採取排除法？」珍重問一聲。「這就是你的方法嗎？」她思忖一下。「我明白啦，你排除了克蘭西先生……」

「可能。」白羅說。

「你也把我們排除了。現在，你大概準備排除霍伯里夫人。哦！」她突然產生一個想法而住了嘴。「你提到謀殺未遂，那是個試探吧？」

「你反應太敏銳了，小姐。是的，但那只是我追查的一部分目的。我提到謀殺未遂時，觀察了克蘭西先生，觀察了你，觀察了蓋爾先生，你們三個當中沒有一個對此有所反應，連眼睛也沒眨一下，不過，我告訴你，就算是不動聲色也是瞞不過我的。殺人犯可能隨時做好準備對付他預見的任何進攻。但是，吉塞爾太太在筆記本裡記下的內容，你們任何一個都不可能知道。所以嘛，你看，我很滿意。」

「好一個可怕的老滑頭，白羅先生。」珍說著站了起來。「我永遠也不會明白你為什麼要告訴我們這些。」

「很簡單，為了知道真相。」

「我想你的方法一定很聰明。」

「要知道一切，只有一個十分簡單的方法。」

「什麼方法？」

「讓對方自己說出來。」

「要是他們不願意談呢？」珍笑了起來。

「噢，幾乎每個人都喜歡談論自己。」

「我想，你說得對。」珍表示贊同。

「正因為如此，所以巫醫可以發財。他們要患者到他們那裡去，請他們坐下，然後讓患者談談自己。患者坐著不斷回憶：他兩歲的時候，如何從搖籃裡跌了出來；媽媽有一次吃梨子，汁液弄髒了她的橙黃色衣服；他一歲半的時候，如何揪扯爸爸的鬍子。隨後，巫醫對他說，從今以後他再也不會患失眠症了。就這樣，巫醫撈到了兩基尼的診療費；接著患者就無憂無慮地走了，十分滿足，而且，可能還就真睡得著覺了。」

「真荒謬。」珍說。

「不，並不像你想得那麼荒謬。這是針對人性的需求，他們需要訴說，需要自我表現。小姐，你難道不喜歡暢談自己的童年？」

「喲，對我這種人，這是不適用的。我是在孤兒院裡長大的。」

「哦，那就是另一回事了。很令人遺憾。」

「當然我們也不是那種經常戴著紅色軟帽、披著紅色斗篷上街的慈善孤兒。但我記得，在那兒十分快活。」

「是在英國嗎？」

「不，在愛爾蘭，靠近都柏林。」

「你是愛爾蘭姑娘！難怪你有一頭黑髮和灰藍色的眼睛，而眼神——」

「彷彿被骯髒的手指頭揉過……」諾曼．蓋爾開玩笑地接下去說。

「什麼？你說的是什麼？」

「這是形容愛爾蘭人的眼睛的一句話：就是說，它們看來像是被骯髒的指頭揉過了。」

「真的嗎？這個說法不是很文雅，可是，對不起，形容得十分生動。」白羅向珍哈了哈腰。「我們今天的合作很成功，小姐。」

當他站起來的時候，珍笑了。

「你把我的頭都弄昏了，白羅先生。晚安，謝謝你的晚餐。如果蓋爾由於勒索而被逮去坐牢，你得再請我一次。」

蓋爾皺了皺眉。白羅向兩個年輕人道了晚安。

回到家裡，白羅先生拉開寫字檯的抽屜，拿出十一個人的名單。在其中四個人上面，他畫了一個記號。

「看來，我已經知道啦，」他嘟囔地說，「不過還需要確定。繼續努力！」

17 旺茲沃思區

就在亨利·米契爾先生正準備吃晚飯（小香腸和馬鈴薯泥）的時候，有個客人來訪了。空服員大為驚訝的是，來訪者是那位蓄著鬍子的先生，普羅米修斯號的一位乘客。

赫丘勒·白羅先生的態度十分親切和藹。他堅持要米契爾先生繼續吃飯，並向米契爾太太說了好些恭維的話（這位太太張大嘴巴站著，直望著他）。他應邀坐下，說到天氣反常地過於暖和了，並拐彎抹角地透露訪問的目的。

「恐怕蘇格蘭警場沒有特別的進展。」他說。

米契爾搖了搖頭。

「這是一樁怪事，先生，怪事，我不認為他們能搞清楚這件事。如果，在飛機上沒有任何人看見任何事，這種情形叫人怎麼辦下去。」

「我很擔心亨利如何度過這一切！」米契爾太太插話說，「夜裡我連覺都睡不著。」

空服員坦率地承認。

「這樣的倒楣事落到我頭上，先生，我真是覺得害怕！公司倒是很公正客觀。我直截了當地告訴你吧，起初，我甚至害怕失掉工作……」

「亨利，不會的，這樣就太不公平了……」

米契爾的妻子憤怒已極。她是一個面容可愛的女人，有兩隻靈活的黑眼睛。

「生活並不經常都是公平的，魯絲。情況已比我所想的好得多。他們不再追究我的責任了。但這個事件仍對我產生了重大影響，你明白嗎，先生？因為我是空服員，先生。」

「我理解你的心情，」白羅同情地說，「我可以對你說，你太善良了。事情發生不是你的過錯。」

「我也這麼告訴他，先生。」米契爾太太插了一句。

亨利搖了搖頭。

「我應當早一點想到那太太已經死了。我送帳單去的時候，如果我馬上搖醒她……」

「那也不會有任何不同。據了解，死亡是瞬間發生的。」

「他是那麼良心不安，」米契爾太太說，「我勸他不要煩惱。誰知道那些外國人為什麼要彼此殘殺？我看，這一定是有人故意在英國的飛機上玩弄骯髒的把戲。」她用充滿愛國精神的憤怒嗤鼻聲下了結論。

米契爾困惑地搖了搖頭。

「這使我苦惱極了。每一次，當我去值班的時候都惴惴不安。而且，蘇格蘭警場的先生們還一再追問我飛行時是否出現過什麼不尋常或意外的情況。這使我感到我一定是忘記了什麼。但我知道，我什麼也沒忘記。當事情發生的時候，飛行的情況十分正常。」

「吹管啦，毒針啦……我把這些全都叫作邪教。」米契爾太太說。

「你說得對，」白羅表示同感，向她轉過身去，似乎對她的話感到驚異。「這不像是英國式的犯罪。」他沉默了一下。「你知道吧，米契爾太太，我幾乎能夠猜到，你是出生於英國哪個地方。」

「多塞特，先生，離布里波特不遠，那是我的故鄉。」

「正是那兒，」白羅說道，「一個美妙的地方。」

「是呀，倫敦根本不能跟多塞特相比，我們家在多塞特已經居住了兩個多世紀，因此可以說，我身上流著純粹的多塞特血液。」

「真的嗎？」白羅向空服員重新轉過身去。「我想問你一點事情……」

米契爾皺起了眉頭。

「凡是我知道的，都已經向你說過啦，真的，先生。」

「是的，是的，我要問的只是一件小事。我想向你了解一下，那張小桌子上，我指的是吉塞爾太太的小桌子上，是不是有一堆小東西。」

「你是指我發現她……的時候嗎？」

「是的，有沒有湯匙啦、叉子啦、鹽碟啦，以及諸如此類的東西？」

空服員搖搖頭。

「桌上根本沒有這些東西。除了咖啡杯，一切都收走了。我沒發現任何異常現象。即使有什麼異常情況，我也沒注意。當時我太著急啦。不過，警察應該知道，先生，因為他們檢查過好幾次飛機。」

「好啦，就這樣吧，」白羅說著補充一句：「沒關係，我有時間再找你的同事戴維斯談談。」

「他在早班飛機上，八點四十五分的，先生。」

「這次事件使他很難過吧？」

「噢，先生，他是個年輕人嘛。我看，他還覺得這整個事件很好玩呢。這樁謀殺案這麼轟動，有好多人請他喝酒，想打聽內情。」

「他有沒有女朋友？」白羅問道，「他跟謀殺案扯上關係，她一定會很不安。」

「他在追求『王冠與羽飾』老闆的女兒。」米契爾太太說，「她是一個聰明的女孩，知道如何做最好的選擇，不會高興戴維斯扯進謀殺案。」

「說得很對。」白羅說著站了起來。「謝謝你，米契爾先生，還有米契爾太太。請你們不要太過悲觀，我的朋友。」

白羅走了以後，米契爾說：「審訊的時候，那些笨蛋陪審員以為事情是他幹的，可是照我看，他應該是情報員。」

雖然白羅說他有時間再找戴維斯談談，但事實上，才過沒多久，他和戴維斯已經坐在「王冠與羽飾」酒吧裡。白羅向戴維斯提出問過米契爾的問題。

「吉塞爾太太桌上沒有亂七八糟的，先生。你指的是，有什麼東西打翻嗎？」

「我指的是，桌上也許少了什麼東西，也許多了什麼平常沒有的……」

戴維斯思忖了片刻，然後慢吞吞地說：「是有件小事，我收拾碗盤時發現的；我想未必是你要問的東西。那就是，那位太太的咖啡碟裡有兩支咖啡匙。如果我們送餐送得過於匆忙，有時也會發生這樣的事。我留意到這一點，只是因為一個迷信傳說：聽說，碟子裡有兩把湯匙表示會舉行婚禮。」

「其他人的咖啡碟有沒有缺少湯匙呢？」

「沒有，先生，我看是沒有。可能是米契爾或我先收走了那副咖啡杯和碟子。就如我剛才所說，動作太匆忙時會有失誤。才在一個星期前，我就曾在一張桌上放了兩副刀叉。不過這總比根本沒放好一些吧！否則就得扔下一切，趕緊跑去拿刀子啦，或者什麼別的……」

白羅還提了一個問題，好像是開玩笑。

「你認為法國小姐怎麼樣，戴維斯？」

「我覺得英國小姐就夠好的了，先生。」

接著，戴維斯向櫃檯後面一個身材豐滿、滿頭金髮的小姐溫和地微笑了一下。

18 維多利亞女王大街

赫丘勒．白羅先生的名片送來時，詹姆斯．賴德先生詫異了一下。他覺得這個名字挺熟的，但不知為何記不起來。然後，他才自言自語地說：「哦，這就是那個人！」

於是他吩咐辦事員把客人領進來。

赫丘勒．白羅先生外表十分優雅，他拄著手杖，鈕孔裡有一朵白色的丁香花。

「請原諒我打擾了你，」白羅說，「我是為吉塞爾太太謀殺案來的。」

「是嗎？」賴德先生感到驚異。「唔，怎樣啦？請坐吧。抽根菸好嗎？」

「謝謝你，不用了。我都抽自己的菸，你想嘗嘗嗎？」

賴德狐疑地瞧了瞧白羅的小雪茄菸。

「不，不用了，我抽自己的就好。像你這種雪茄，弄不好會一口吞下去。」他開懷地笑了起來。「那個探長幾天前才來過，」賴德先生「啪」一聲點燃打火機。「這些傢伙真是好管閒事，他們不干涉別人的事日子就過不好。」

「我認為，他們是需要了解情況吧？」白羅溫和地說。

「但他們不該那樣不客氣，」賴德抱怨說，「應當考慮別人的心情和職業名聲嘛。」

「可能，你比一般人敏感一些。」

「我坐的位子很尷尬。」賴德先生承認說，「十分尷尬，恰好就在她的前面。如果我知道有人要殺害這個婦人，我根本就不會搭乘這次班機了！的確，我多半會這麼辦。」他沉思了一會兒。

白羅問道：「這件事有沒有讓你因禍得福啊？」

「你這說法倒是有趣。可以說有，也可以說沒有。我煩惱透了，一直被嘲笑個不停。人生真是很諷刺，為什麼偏偏是我呢？他們為什麼不去找那個哈伯德醫生……布賴恩醫生呢？醫生最可能藏有各種毒藥嘛。我從哪兒去弄蛇毒，我問你？」

「你是說，雖然它造成你許多不便……」

「是呀，但也有好的一面。我也不怕告訴你，我從記者那裡撈了一點錢。『目擊者的說法』，雖然內容多半是記者的杜撰，但哪裡不是這樣的呢？」

「真有意思，」白羅說，「一件罪案竟能如此影響著相關人等的生活。就拿你自己來說吧，你得到了一筆意外之財，而它來得正是時候。」

「錢永遠不嫌多。」賴德先生說，同時銳利地瞅了白羅一眼。

「遇到需錢孔急的時候，人往往會不擇手段，搞些詐騙勾當……」白羅雙手一攤。「各種各樣複雜的事就出現了。」

「我們別談這種不愉快的話題吧。」賴德先生把手一揮。

「是呀，為什麼要淨往壞處想呢？這筆錢對你就像及時雨，因為你在巴黎借不到錢。」

「真是活見鬼，你怎麼知道這一點？」賴德先生憤怒地吼叫起來。

赫丘勒．白羅微微一笑。

「所以，這是真的囉？」

「是真的，但我不想談這件事。」

「我向你保證，我是很謹慎的。」

「實在很可怕，」賴德先生嘟囔起來。「人有時會為了一點錢而陷入絕境。就為了那麼點錢，竟可以把一個人逼到走投無路，如果拿不出那些錢，你就等著身敗名裂。是呀，太可怕了，錢很可怕，名聲很可怕。說到底，人生根本是荒謬的。」

「這話說得真切。」

「對了，你來找我是有什麼事？」

「這有點敏感。我聽說——基於職業上的需要，請你包涵——你和吉塞爾有些交往，儘管你堅決否認這一點。」

「誰說的？這是謊言，令人厭惡的謊言！我從來沒見過這個婦人！」

「咦，那就奇怪了。」

「奇怪？那根本是誹謗！」

白羅若有所思地看了看他，搖搖頭。

「唉，」他嘆了口氣。「看來我需要再調查一下。」

「你這是什麼意思？你到底想說什麼？」

白羅搖搖頭。

「別那麼生氣，一定是哪裡……弄錯了。」

「一定弄錯了！竟然陷害我說我跟這些愛講究格調的高利貸者有關係。背了一身賭債的上流社會婦女，那才是他們的對象嘛。」

「很抱歉冤枉了你。」他在門邊停下。「順便問問，你為什麼把布賴恩醫生叫作哈伯德醫生？」

「我哪知道啊！我想想……噢，對了，大概是因為他的長笛。你記得一首童謠嗎？寫的是哈伯德老媽媽的狗：『當她回來的時候，他就吹起了長笛。』奇怪，我怎麼會這樣聯想……」

「哦，對啦，長笛……從心理學而言，這是很有意思的。」

賴德先生對「心理學」這幾個字嗤之以鼻。不過這次，他所謂「心理分析那種蠢玩意兒」倒是讓他有點興趣了。他用懷疑的目光望著白羅。

19 魯賓遜先生進場與退場

在格羅夫納廣場三一五號的住宅內，霍伯里伯爵夫人正坐在臥室裡的小梳妝台前。她的面前擺著鍍金按摩刷子、香水瓶、粉盒、搽臉的乳霜和撲粉，總之，是梳妝打扮所需的一切東西。可是，霍伯里太太坐在這一大堆奢侈品之中，嘴唇卻十分乾澀，臉頰上還有一些糊掉的胭脂。她第四次閱讀下面這封信：

致霍伯里伯爵夫人

敬愛的夫人：（關於已故吉塞爾太太的問題）

我掌握了死者的某些文件。如果你或者雷蒙德·巴勒羅夫先生對此感到興趣，我很樂意到貴府拜訪，與你討論這個問題。

或者，你覺得這事跟你的丈夫談比較合適？此祝安好！

約翰・魯賓遜

霍伯里太太愣愣地把同一封信看了又看，好像這樣一來，字裡行間的意思就會改變。她拿起那個信封—說得確切一點，是兩個信封：第一個信封寫有「親啟」二字，第二個信封寫上了「親啟和機密」的字樣。

「親啟和機密」……多麼無恥！

那個撒謊的法國老媼！她還賭咒發誓地說，如果她突然死亡，也會用一切辦法保護客戶……

去死吧，統統下地獄去，下地獄去……

「我的天，我的神經，」霍伯里夫人心想，「不行了，我不行了……」

她伸出顫抖的手去拿一個金色木塞的瓶子。

「它會讓我鎮定下來，冷靜下來……」

她拿起嗅劑嗅了嗅。

好了，她現在可以思考了。怎麼辦？去見他，當然。但她上哪兒去弄錢呢？也許，到卡洛斯街去碰碰運氣？

不過，這個問題還有時間考慮。先去見他，弄清楚他究竟知道些什麼。

她走到寫字檯跟前，用粗大而不像樣的字體草草地寫道：

霍伯里伯爵夫人向約翰·魯賓遜表示敬意，如果他願意，請明天早上十一點過來一趟。

§

「可以嗎？」諾曼·蓋爾問道。

在白羅的凝視下，他略微有點臉紅。

「我們直截了當地說吧！」白羅說，「你以為你在演什麼喜劇嗎？」

諾曼·蓋爾臉更紅了。

「是你說化妝一下會更好的啊。」他嘟囔說。

白羅喘了口氣，然後抓住年輕人的胳膊，把他領到鏡子前面。

「你看看自己吧，」他說，「我要求你的就是：看看自己。你以為你在幹嘛？扮聖誕老人，逗小孩子開心嗎？沒錯，你的鬍子不是白的，不是，它是黑的，是最適合壞蛋的顏色。但這是什麼鬍子呀，真是笑死人了！它是一個很醜的鬍子，我的朋友，而且，你鬍子黏得很拙劣、很外行。還有你那個眉毛也是。怎麼，你特別喜歡假髮嗎？膠水的氣味在幾碼遠的地方就聞到了。如果你以為誰也不會看到你的牙齒上面貼了一塊膏藥，你就大錯特錯了。我的朋友，扮裝不是你的專長，絕對不是。」

「可是，我參加過許多次業餘演出……」諾曼・蓋爾喘吁吁地說。

「這真令我難以相信。不管怎樣，我猜他們絕不敢放任你給自己化妝。即使站在燈光後面，你的外貌也是非常不具說服力。何況是在格羅夫納廣場，在光天化日之下……不，我的朋友，」白羅說，「你是一個勒索者，不是一個喜劇演員。我希望那位夫人看見你的時候是怕到要命，而不是笑到要死。我知道我這麼說使你受到很大委屈。很抱歉，但在這種情形下，只有說真話才辦得了事。喏，這個拿去吧，還有這個……」白羅拿了一些瓶瓶罐罐給他。「到浴室裡去吧，該結束這場鬧劇了。」

諾曼・蓋爾沮喪地照辦。過了一刻鐘，他又是一張素淨但泛紅的臉出來，白羅讚許地點了點頭。

「很好，玩笑結束，正經事開場啦。我同意你加一撮小鬍子。不過，如果你願意的話，我親自為你把它黏上。就是這樣。現在，把頭髮改變一下吧──好了，這樣就可以了。現在讓我聽聽你記不記得自己的台詞。」

他留神地傾聽，然後點了點頭。

「很好。去吧，祝你好運！」

「這我很需要。不然，我大概會遇見一個生氣的丈夫和一堆警察……」

白羅安慰他。

「別緊張，一定馬到成功。」

「你當然這麼說。」諾曼不甘願地回道。

於是心情盪到谷底的他，動身趕赴這個令人厭惡的任務。

蓋爾到了格羅夫納廣場之後，領進二樓的一個小房間。過了一兩分鐘，霍伯里夫人就進來了。

諾曼振作起來。他不能——絕對不能——讓人看出他在這個道行上是名新手。

「魯賓遜先生嗎？」西塞莉問道。

「請指教，」諾曼回答，哈了哈腰，然後厭惡地想道：「活見鬼，簡直像個百貨公司的巡邏員。」

「我收到了你的信。」西塞莉回答。

諾曼打起精神。他對自己說：「那老傢伙竟說我不會演戲！」

他厚顏無恥地大聲說：「呃，怎麼樣呢，霍伯里夫人？」

「我不知道你在說什麼。」

「少來了！要我再說白一點嗎？大家都知道，夫人，在海邊度過週末有多麼愉快啊！可是，丈夫是難得同意這一點的。我認為，霍伯里夫人，你很清楚我有什麼東西。很棒的女人，那個吉塞爾老太太總是保存著一些東西！像旅館的收據等等，都是最好的東西。現在問題在於，誰最需要這些東西——你或者霍伯里伯爵？問題就在這裡。」她直顫抖。「我是個商人。」她更加投入魯賓遜先生的角色，聲音愈來愈粗魯。「你要當買主嗎？問題就在這裡。」

「你是如何弄到這些……東西的？」

「說真的，霍伯里太太，這不是重點。重要的是我弄到它們了。」

「我不相信，拿來給我看看。」

「哦，不！」諾曼神色狡獪地搖了搖頭。「我什麼也沒帶。我並不是那麼沒有經驗。但如果我們商量好了，那就是另一回事了。我會在你掏出鈔票的時候，就把東西拿給你看。」

「你要多……多少？」

「一萬英鎊，不是美元喔。」

「不行。我絕對弄不到這樣的數目。」

「如果你願意，什麼都辦得到的，寶石或許賣不到好價錢，但珍珠還是珍珠。這樣吧，我向夫人讓步：八千。這是我的底線，讓你考慮兩天。」

「跟你說，我弄不到這麼多錢。」

諾曼嘆了一口氣，搖搖頭。

「那只有讓霍伯里伯爵知道這件事了！如果我說，被休掉的女人是拿不到贍養費的，這應該不會錯。而巴勒羅夫先生雖然是個大有前途的演員，但他用鐵鍬也暫時挖不出錢來。就這樣，你全盤考慮一下吧。請記住我所說的話。我說話是算數的，」蓋爾沉吟一下，接著又說：「我說話是算數的，正像吉塞爾太太一樣……」

然後，在那驚惶失措的女人還沒做出回答之前，他就趕忙溜出了房間。

「噓！」走到街上時，諾曼喘了一口氣，他擦了擦汗涔涔的額頭。「謝天謝地，這齣戲可結束了。」

§

恰恰過了一小時，管家送給霍伯里太太一張赫丘勒．白羅先生的名片。她惱怒地把名片扔在地上。

「這又是誰？我不想見他。」

「他說，夫人，他是應雷蒙德．巴勒羅夫先生之託到這兒來的。」

「啊！」她停了停。「好，讓他進來……」

管家離去又出現。穿著講究的白羅走了進來，行了行禮。管家關上了門。西塞莉往前跨上一步。

「巴勒羅夫先生派你來的嗎？」

「坐下吧，夫人。」白羅的聲調是柔和的，但是十分堅定。

西塞莉木然地坐下。白羅也坐進她身邊的椅子。他的態度像慈父一樣慈祥體貼。

「夫人，我懇請你把我看作一個朋友。我此行的目的是想給你一個勸告。我知道你有了大麻煩。」

她輕聲地咕噥。

「我不……」

「聽我說吧，夫人，我不準備向你打聽你的祕密，這沒必要。這些祕密我都知道，一個好的偵探就是什麼都知道。」

「偵探？」她把眼睛睜大。「哦！我記起來了……你也在飛機上……是你嗎？」

「正是，是我。而現在呢，夫人，我們進入主題吧。正如我剛才說的，我並不堅持要你吐實。你一切都不必告訴我。但我要告訴你一些事，今天早上，大約一小時之前，你這兒來了個客人。他……大概叫布朗吧？」

「魯賓遜。」西塞莉低聲更正。

「反正一樣，布朗，史密斯，魯賓遜，這些名字他輪流使用。魯賓遜來向你勒索，夫人。這個人掌握了某些……就說是『不小心』留下的證據吧。這些證據本來是在吉塞爾太太那裡，現在都落到了這個人手中。他顯然要求你拿出六、七千英鎊從他手裡贖回吧？」

「八千。」

「八千，好。可是太太，你不覺得短期內要弄到這麼一筆錢很困難嗎？」

「我根本弄不到！弄不到！我已經負債累累了，我不知道怎麼辦……」

「冷靜一點，夫人，我是來幫你的。」

「你能怎麼幫我？」

「很簡單，因為我是赫丘勒．白羅。你不必害怕，信賴我吧，我來對付這個魯賓遜先生。」

「好，」西塞莉突然說，「那你要多少？」

赫丘勒．白羅躬了躬腰。

「我只要夫人的一張照片，親筆題名的照片。」

她哭出聲來。

「噢，我怎麼辦……我的神經，我快要瘋了。」

「不要這樣，沒事的。相信赫丘勒．白羅吧。只是夫人，我需要知道真相，全部的真相，否則我就沒辦法著力了。」

「你會幫我解決這個問題？」

「我向你鄭重保證，你一輩子再也聽不到魯賓遜這個名字。」

「好，」西塞莉一面擦眼淚一面說，「我把一切都告訴你。」

「很好，開始吧。你向吉塞爾借過錢？」

霍伯里太太點點頭。

「這是什麼時候的事？我是說，是什麼時候開始的？」

「十八個月前。」

「你需要多少，她就借給你多少嗎？」

「起初不是這樣，剛開始只是很小的數目。」

「誰介紹你上她那裡去的？」

「雷蒙德．巴勒羅夫先生。他對我說，聽說她借錢給上流社會的婦女。」

「後來，她就借你更多了嗎？」

「是的。我想要多少，她就給多少。有時，我覺得好像碰見奇蹟一般。」

「這是吉塞爾太太專門製造的奇蹟。」白羅說，「在這之前，你和巴勒羅夫先生就已經是……嗯，朋友了嗎？」

「是的。」

「可是，你擔心你的丈夫知道這一切嗎？」

西塞莉氣勢洶洶地嚷叫起來。

「斯蒂芬是個偽君子，他早就厭倦了我！他想娶別人……他一直想和我離婚。」

「那你不考慮離婚嗎？」

「不。我……我……」

「你很滿意你的社會地位，此外，你喜歡手頭闊綽的生活。自然囉，女人是應當照顧自己。不過，我們繼續談正事吧。然後她開始要你償還債款了？」

「是的，但我……我還不了債。因此，那個可惡的老婦人就發火了。她知道我和雷蒙德的私情，她弄到了地點、日期……什麼都有。我不知道她怎麼……」

「她有自己的辦法，」白羅冷冷地說，「然後她恐嚇你，說要把這一切證據交給霍伯里伯爵？」

「對，除非我還錢。」

「而你還不了？」

「對。」

「可見，她的死對你是……好事？」

西塞莉．霍伯里坦然地回答：「我覺得太棒、太棒了。」

「是的，太棒了。不過，你會有點寢食難安吧？」

「寢食難安？」

「因為，說到底，夫人，你是乘客當中唯一有理由希望她死去的人。」

西塞莉猛喘了一口氣。

「我知道，真可怕，我不知該如何是好。」

「特別是在事發那天的前一晚，你和她在巴黎見過面，吵過架。」

「老妖婆！她絲毫不讓步，好像藉此尋我開心。哦，她根本不是人！我離開她那兒的時候，受盡了屈辱。」

「但你在審訊時卻說，你以前從未見過她？」
「嗨，那當然了，我還能說什麼呢？」
白羅若有所思地瞅了瞅她。
「你，夫人，是沒有什麼可說了。」
「這真可怕！謊言，謊言，謊言！那個討厭的警官來了一次又一次，只會欺負我，拿問題來折磨我。但我認為我很安全，我看得出他只是在試探，因為他什麼也不知道。其次呢，」西塞莉繼續說，「我感覺到，如果事情要爆發，它剛開始就該爆發了，所以……直到昨天我收到這封可怕的信之前，我都挺放心的。」
「這段時間，你都不曾擔心過嗎？」
「當然擔心過。」
「擔心什麼？事情爆發、因謀殺罪被逮捕？」
西塞莉馬上大驚失色。
「謀殺？我可沒有……哦，你別相信這一點！我沒殺死她！沒有！」
「但你希望她死……」
「沒錯，但我沒殺她。噢，你要相信我，我從沒離開過座位……」
西塞莉突然住口。她那美麗的藍眼睛哀求地望著白羅。
「我相信你，夫人。這有兩個原因。第一，你是個女人。第二，是因為一隻黃蜂。」

「一隻黃蜂？」

「正是，我看得出你一點也不明白是怎麼回事。現在，我們來解決眼前這個問題。我來對付這個魯賓遜先生吧。我向你保證，你再也不會看到他了。我去擺……擺什麼？我忘記了，擺倒，不對，擺平他。現在，我得要求一點回報，我要向你提出兩個問題。在謀殺案發生的前一天，巴勒羅夫先生在巴黎嗎？」

「是的。我們一塊吃晚飯。不過，他認為我最好是一個人到那老女人那兒去。」

「哦，他這樣說是嗎？還有一個問題，夫人。你出嫁以前使用的藝名叫作西塞莉・布蘭德。這是你的真名嗎？」

「不，我的真名叫作瑪莎・傑布。但前面那個名字……」

「和你的職業比較相稱。你是哪裡出生的？」

「唐克斯特。你問這做什麼？」

「只是好奇，請包涵。現在，霍伯里太太，聽我幾句勸告吧：你為什麼不好好地和丈夫和解離婚呢？」

「然後讓他和那個女人結婚嗎？」

「讓他和那個女人結婚。你有寬大的胸懷，夫人。此外，你會獲得保障，你的丈夫會給你生活費。」

「少得可憐的生活費！」

「可是，一旦你成了自由之身，不就可以找個百萬富翁嫁了！」
「這年頭沒有百萬富翁……」
「唉，別相信這一點，夫人。那些人不過是財產從三百萬掉到兩百萬而已，但那還是夠花吧。」
西塞莉不由得笑了起來。
「你說話很有說服力，白羅先生。你真有把握讓這個討厭的傢伙不會再來糾纏我嗎？」
「赫丘勒．白羅說話算話！」這位仁兄莊重說道。

20／哈利大街

傑派警官在哈利大街上急匆匆地走著，然後在一戶人家門前停下來。他問布賴恩醫生在不在。

「你來看病嗎，先生？」

「不，讓我寫幾個字。」

他在名片上寫道：如蒙抽空接見，不勝感激。不會耽擱你很久。

他把名片放在信封裡，交給管家。不久，傑派被領進候診室。那兒已經坐著兩個女人和一個男人。傑派坐下，翻開一期舊的《噴趣》週刊。一會兒，管家回來，低聲說：「如果你願意稍等一等，先生，醫生待會兒就能見你，今天他很忙。」

傑派點了點頭。他一點也不在意等候；恰恰相反，他巴不得等一等。兩個女人開始閒聊。她們極為讚賞布賴恩醫生的醫術。接著又來了幾名患者。顯然，布賴恩醫生的事業十分興隆。

「錢賺得不少，」傑派心想，「他不像是那種需要借貸的人；不過也許那是很久以前的事。不管怎樣，他的生意不錯，一絲絲的醜聞就會讓他毀於一旦。這是身為醫生最悲哀的地方。」

過了約十五分鐘，管家就來了。

「請吧，先生。醫生可以見你啦。」

傑派走進布賴恩的診療室，這是在房子後部有一扇大窗子的房間。醫生正坐在工作桌後。他站起來，跟這警探握了握手。他那線條明顯的面龐上略有倦容，可是，對於警官的來訪，他並未露出不耐。

「有何貴幹，探長？」醫生問了一聲，重新坐下，並且以手示意傑派坐在對面的一把椅子上。

「我首先應當說聲抱歉，在看診的時間來打擾你，不過，我不會耽擱太久，醫生。」

「不要緊。我想，你是為了飛機上的謀殺案來的吧？」

「正是，醫生，我們仍在調查中。」

「有任何進展嗎？」

「不如我們所預期。我今天其實是來請教你幾個技術性的問題。就是蛇毒那叫人頭痛的毒物。」

「你得知道，我不是毒物學家。」布賴恩醫生說著微微一笑。「這些事我不在行。你們應該去找溫特斯龐嘛。」

「是這樣的，醫生，溫特斯龐是專家沒錯；但你也知道那些專家，他們的解釋不是一般人聽得懂的。就我所知，蛇毒曾被用在醫學研究。它真的可以用來治療癲癇病嗎？」

「我不是癲癇病專家，」布賴恩醫生回答，「但我知道，注射眼鏡蛇毒在治療癲癇上可以產生很好的效果。但我已經說過，這真的不是我的專長。」

「我知道，我知道。只是，我覺得你在飛機上的時候，對這件事情表現得很關心。因此我以為你可能有某些想法可以提供給我們。如果我不明白自己應當向專家問些什麼，那何必去呢！」

布賴恩醫生微笑一下。

「你的話有些道理，探長。在這世界上，大概沒有一個人能碰見了謀殺案而完全無動於衷……我確實是很關心，我自己也私下思索，多方推測。」

「那你有什麼高見？」

布賴恩搖搖頭。

「這件事太不可思議，簡直像是騙人的……不知道可不可以這樣說：凶手犯案的手法太驚人了，凶手只有百分之一的機會避過別人的目光。這人一定是個膽大妄為的傢伙。」

「說得沒錯。」

「選用的毒物也很令人訝異。一個起意殺人的兇手，怎麼可能隨隨便便就拿到這種東西。」

「是呀，一切都是那麼令人不解。我想一千個人之中，未必能找到一個聽過樹蛇的人，更別說去處理蛇毒了。就拿你來說，你本身是一個醫生，但我不相信你處理過這種毒物。」

「當然機會是不多，我有一個從事熱帶叢林研究的朋友。在他的實驗室裡，有許多蛇毒的樣本，比如，眼鏡蛇毒，但我記不得那兒有過樹蛇。」

「也許你可以幫我的忙……」傑派從衣袋裡掏出一小張紙遞給醫生。「溫特斯龐在這兒寫了幾個人名，說我可以去請教他們。你認識他們當中的哪一個嗎？」

「我略微知道甘乃迪教授。海德勒我是很熟的，你提到我，他就會盡力協助你。我和卡邁克不熟，他是愛丁堡人。我相信他們都是成就卓著的專家學者。」

「謝謝你，醫生，非常感激你。我不敢再多耽擱了。」

走到哈利大街上，傑派滿意地笑了笑。

「機智戰勝一切！」他對自己說，「機智萬能！我打賭他絕看不出我在調查什麼。好，就這樣了。」

21 三條線索

傑派回到蘇格蘭警場的時候，聽說赫丘勒．白羅正在等他。傑派熱忱地向朋友問好。

「喂，白羅先生，什麼風把你吹來了！有消息嗎？」

「我自己就是到你這兒來打聽消息的，我的好傑派。」

「那不太像你的作風。嗨，消息並不多。巴黎的古董商認出了吹管。富尼埃還沒把他的情況告訴我。不知他的『千鈞一髮的瞬間』研究得如何。我詳細問了兩名空服員，問到臉都快發綠了；但他們堅稱沒有任何『千鈞一髮的瞬間』，飛行中沒有出現任何特殊現象。」

「這可能發生在他們兩人都在前艙的時候。」

「我也詳細問過所有乘客。他們不可能一起撒謊。」

「在我從前偵查過的一樁案件中，就曾發生過這樣的事。」

「你的案件！說實話，白羅，我很不高興。我愈是賣力，結果愈糟。上司一直在對我拋冷眼。但我有什麼辦法呢？幸虧這件案子牽涉到外國人。我們可以把一切推到法國人身上，而巴黎的人卻說，案子是英國人幹的。情況就是這樣。」

「但你認為凶手是法國人嗎？」

「說真的，不是。據我看，這個考古學家，是一條倒楣的小魚。他總在挖土掘地，胡說八道些十萬年前的事。我想問問你，他是從哪兒知道這些的？誰敢跟他抬槓呢？如果他說一串壞了的珠子似乎有五千三百二十二年了，誰敢說不是？或許他們都是說謊專家（雖然他們自己相信得很），可是不會害人。從前我有一個研究考古學的朋友，我記得，一隻蠍子螫了他，他嚇壞了，儘管他是一個學問淵博的人，卻仍像小嬰兒一樣束手無策。不，我們私下講，我一點也不相信這是那兩個考古學家幹的。」

「那你認為是誰幹的？」

「當然，多半是克蘭西！他是個怪人，東奔西跑，嘰哩咕嚕，總在轉著什麼念頭。」

「也許他是在構思新書的情節？」

「也許是，也許不是。我暫時還找不到他的動機。我仍相信黑色筆記本裡的ＫＣＬ５２就是霍伯里夫人，但我從她身上掏不出任何東西。告訴你吧，她十分難纏。」

白羅暗暗笑了一下。傑派繼續說：「兩個空服員，不用說，我沒發現他們跟吉塞爾有任何關聯。」

「布賴恩醫生呢？」

「我認為，他這裡可能有點意思。傳說他和一名女患者有瓜葛。那是一個漂亮的女人，他的丈夫很壞；據說，他服用毒品。如果醫生不謹慎，他就會被醫療委員會給除名。一切恰好符合RT362，而且我發現了他能弄到毒藥的管道。我去找他，他隨便就洩漏了祕密。但這只是懷疑，沒有事實。在這種案件上，線索不是那麼容易找到。賴德呢，似乎是個正直的人，不會支支吾吾：他直言他去巴黎借過錢，可是沒借到，他說出了姓名和地址，全都調查過了。我打聽出來，他的公司一星期或兩星期之前幾乎破產，不過，好像已經度過了難關。總之，一切都令人很不滿意。到處都是一團混亂。」

「沒有所謂混亂這回事，情況不明倒是真的，混亂的頭腦裡才可能出現混亂。」

「你愛怎麼解釋就怎麼解釋吧。結果是一樣的。富尼埃也陷入膠著。大概你已經把一切都弄清楚了，只是不說而已。」

「你別激我，我還沒把一切都弄清楚。我正依據方法和條理一步步來。」

「聽你這麼一說，我忍不住感到高興喔。談談你的調查情況吧。」

「我列了一張小小的表。」白羅從衣袋裡掏出一張紙來。「我的想法是這樣的：謀殺是為了達成某種目的之行為。」

「請你再慢慢說一次。」

「這又不是什麼高深的話。」

「可能不是，但讓你說來就感覺是。」

「不，不，這一切都很簡單。比方說，你需要錢，而在你姨媽死了之後，你就能得到錢；於是你策畫一個行動，即殺死姨媽；你達成目的，就是取得遺產。」

「我倒希望找到一個這樣的姨媽，」傑派嘆了一口氣。「繼續說吧，我明白你的想法。你指的是，殺人一定有它的動機吧？」

「我比較喜歡自己的說法。謀殺這種行動有哪些後果呢？我們拿各種結果加以比較，可以得到這個解答。同一件事的後果可能是各不相同，它也影響了許多人的命運。看吧，直至今天，離罪案發生已過了三週，它的反應有十一種。」

白羅先生把紙攤開。傑派往前移動一下，在白羅肩後很感興趣地看著。

格雷小姐。結果——暫時改善，薪水提高。

蓋爾先生。結果——不好，事業受到損失。

霍伯里太太。結果——好，如果她是KCL52的話。

克爾小姐。結果——不利，吉塞爾死後，霍伯里伯爵已拿不出證據要求跟妻子離婚。

「哦，」傑派停下說道，「所以你認為她跟霍伯里伯爵有曖昧關係？你天生就對愛情事件有嗅覺。」

白羅微微一笑。傑派繼續唸道：

克蘭西先生。結果——好，預期拿本案做題材的新書，會賺一大筆稿酬。
布賴恩醫生。結果——好，如果他是RT362的話。
賴德先生。結果——相當好，因提供報紙資料而得到一小筆錢，這些錢幫助他度過了難關。如果他是XVB724——也好。
杜邦先生。結果——沒有影響。
米契爾。結果——沒有影響。
戴維斯。結果——沒有影響。

「你以為這東西對我們有幫助嗎？」傑派懷疑地說，「我看，你倒不如寫上『我不知道。我不知道。我不能說』還來得乾脆。」

「這裡做了清楚的分類，」白羅解釋，「克蘭西先生、格雷小姐、賴德先生，還有霍伯里夫人，這四人的情況是好的結果。蓋爾先生和克爾小姐兩人的情況是壞的結果。另外四人的情況，據我們所知沒有任何影響。布賴恩醫生不是沒有任何影響，就是沒有明顯好處。」

「所以呢？」

「所以，」白羅說，「我們必須繼續尋找。」

「懷著少得可憐的希望前進，」傑派愁眉不展地說，「我們一籌莫展了，現在只能指望巴黎來的消息。吉塞爾那方面要再深入調查。除了富尼埃已經知道的情況，我們或許還能從女傭人那兒掏出一點什麼。」

「這很難說，我的朋友。在整個事情上，最重要的是吉塞爾太太的出身歷史。她既沒有朋友，也沒有親屬，可以說，沒有任何私人生活。從前，她年輕的時候，也談過戀愛，遭受過痛苦；隨後，她用堅定的手關上了她那扇心靈的窗子——一切都結束了。於是，瑪麗·莫里索變成一個高利貸者。」

「你認為，解決問題的線索在於她的過去？那我們就無能為力了。這案子我們沒有任何線索。」

「哎，我的朋友，我們有的。」

「自然是吹管囉。」

「不，不，不是吹管。」白羅微笑了一下。

「好，聽聽你的意見。」

「就像是克蘭西給自己的小說定名一樣，我也要給這些線索定個名：『黃蜂之線索』、『乘客行李之線索』、『咖啡匙之線索』。」

「你神經錯亂！」傑派用溫和的責備口吻說，又補充一句：「這和咖啡匙有何關係？」

「吉塞爾太太的碟子裡有兩支咖啡匙。」

「那是代表婚禮！」

「在本案，」白羅說，「這意味著葬禮。」

22 珍調換工作

在「敲詐事件」之後，諾曼．蓋爾、珍和白羅先生相約吃晚餐。蓋爾聽說以後不會要他再充當「魯賓遜先生」後，頓時感到輕鬆了。

「魯賓遜先生無聲無息地死掉啦。」白羅先生說著舉起杯子。「我們永遠懷念他。」

「願他的靈魂安息！」

諾曼．蓋爾笑了起來。

「發生了什麼事嗎？」珍問道。

「我查明了希望知道的情況。」白羅微微一笑。

「她跟吉塞爾有往來嗎？」

「我的訪問可以確定這點。」蓋爾說。

「正是，」白羅點了點頭。「但我需要更詳細、完整的內容。」

「而你得到了？」

「我得到了。」

珍和蓋爾疑惑地望著他，可是使他們倆不解的是，白羅卻談論起職業和一般生活來了。

「世間的所有事物都是各就其位的，不得其所的人，並不像某些人所想的那麼多。絕大多數的人不管表面上怎麼說，其實都是選擇他們心中嚮往的職業，比如，你們會聽到一個白領階級說：『我想成為一個探險家，我願意忍受流浪天涯海角的艱難困苦。』可是你們會發現，他真正喜歡的卻是閱讀有關旅行的小說，喜歡辦公室裡的安全和舒適……」

「聽你說來，」珍說，「我希望到外面旅行的願望就是假的了。而給太太們梳梳頭，才是我的真正嗜好──那你就錯了。」

白羅笑了起來。

「你還年輕嘛！自然會試試這個、那個，但當一個人逐漸穩定下來之後，他所選擇的行業，大概就是他的所愛了。」

「我不同意你的意見，」蓋爾說。「我成為牙科醫生就是偶然的，根本不是自己選擇的結果。我的叔叔是個牙科醫生，希望我當他的助手。不過我拚命想去從事冒險活動，見見世面。我拋棄了自己的牙醫職業，到了南美的一個農場。但是沒成功，因為我缺乏經營農場的經驗。我最終不得不同意叔叔的建議，回來協助他。」

「可是你現在不是又想不顧一切到加拿大去嗎？你總想去自治領區。」

「這一次，我是不得已的。」

「簡直不可思議，有時一種行動會引發另一種行動。」

「沒有任何事情能強迫我去哪裡，」珍沉思地說，「那一定要是我心甘情願才行。」

「那麼，我可以向你提個建議。我下星期就要去巴黎，如果你願意，可以擔任我的祕書。我會給你一份不錯的薪水。」

珍搖了搖頭。

「我不能離開安托萬美容院。它是一個好地方。」

「和我一起工作也很好啊。」

「好是好，就只是個臨時的工作。」

「之後，我會替你找個相同的工作。」

「謝謝！我可不想冒險。」

白羅瞅了瞅她，神祕地微微一笑。

過了三天，大清早，電話鈴聲把白羅吵醒。

「白羅先生，」珍問道，「那個祕書的職務還空著嗎？」

「是呀。我星期一去巴黎……」

「真的？我能一起去吧？」

「當然。但什麼事情使你改變了主意呢？」

「我和安托萬先生吵了架。我對一個女顧客發脾氣。她實在是個……不，我不能在電話上批評她。總之，我膽子突然撐大了，也不想再屈意奉承，於是劈里啪啦罵了她一頓，把我對她的想法都說了出來。」

「嘿，思想應當開闊一些嘛……」

「你說什麼？」

「我說，你的思想總是停留在一定的層面上。」

「這次是我的舌頭忍受不住，而不是腦袋瓜忍受不住。我感到開心的是，她的眼睛和她那隻討厭的哈巴狗一樣，差點兒從眼眶裡跳出來。但結果變成這樣啦！現在我得另找工作，但我想先去巴黎……」

「一言為定。路上，我會給你必要的指示。」

白羅和他的新任女祕書並沒乘坐飛機，珍為此很感激白羅先生。上次不愉快的搭機經驗餘悸猶存，她不想再回憶起那個一身黑衣的癱軟屍體……

從加來搭船到巴黎的旅途上，他們兩人訂了一間客艙，白羅把自己的計畫告訴了珍。

「我在巴黎需要見幾個人。律師——蒂博特先生，法國警察局的富尼埃先生——一個陰鬱而聰明的人，杜邦父子二人。我和老杜邦周旋，小杜邦交給你。你非常迷人，我認為，他在審訊時就注意到你了。」

「在那以後，我們還見過一次面。」珍說，滿臉緋紅，並且向白羅先生描述了在科納飯店的那次意外邂逅。

「好極了，這就更好了。啊哈，把你帶到巴黎真是一個絕妙的主意。現在，仔細聽我說，格雷小姐。你盡可能不要談論吉塞爾的事，但是，如果金·杜邦談起這個問題，你也不必閃躲。最好你能暗示霍伯里夫人犯罪的嫌疑。我來巴黎的目的可以說就是：和富尼埃先生會商，了解霍伯里夫人和死者的關係。」

「倒楣的霍伯里太太！竟然成了你的誘餌。」

「哦，反正她不是我喜歡的那種人，讓她有點用處也好。」

珍遲疑片刻，然後問道：「你不是懷疑小杜邦犯了罪吧？」

「不，不，我只是要了解情況。」白羅敏銳地看了珍一眼。「你對這個年輕人有好感，嗯？他也是充滿男性魄力的類型？」

「不，」珍微微一笑。「不是那樣。他非常單純，人很體貼。」

「原來如此，你認為他單純嗎？」

「他是單純。或許是因為他過著一種化外的生活。」

「大概吧……」白羅表示同感。「比如，他不用給別人醫治牙齒，不會有機會看見一個英雄人物在椅子上嚇得發抖，而感到夢想幻滅。」

珍放聲一笑。

「我並不認為諾曼稀罕這樣的病人。」

「很可惜他要去加拿大。」

「現在他已經考慮紐西蘭了。他認為那兒的氣候對我比較合適。」

「他很愛國，總是選擇英國的自治領。」

「我希望，」珍說，「最好都不要去。」

她懇求地望了白羅一眼。

「想仰賴白羅老爹？好，我答應我會盡全力。我有一種很強烈的感覺，小姐，好像有個人物至今還未出場，有一段戲還沒上演……」他皺著眉，搖了搖頭。「在這件事情上，小姐，還有一個我們不知道的事實，要解開一切的謎團，就得靠它……」

§

到達巴黎之後兩天，赫丘勒．白羅先生和他的女祕書邀請杜邦父子一同晚餐。

珍發現老杜邦先生和他的兒子一樣討人喜歡，可是白羅從一開始就霸著他不放，所以她沒什麼機會和他說話。小杜邦仍如當日在倫敦一樣隨和，珍仍然喜歡他那孩子般的迷人特質。他有一顆單純、友善的心靈。

即使和他說說笑笑的時候，珍也警覺地聽著兩個老頭子的片斷談話。她很納悶白羅究竟想要了解什麼情況？就她所聽到的，他們的談話一點也沒有觸及謀殺案。白羅巧妙地誘導老杜邦大談他過去的經歷：而他對波斯的考古研究亦顯得興致勃勃。老杜邦先生龍心大悅，他難得遇見這樣聰明和討人喜歡的聽眾。

也不知是誰提出的建議，總之，兩個年輕人後來就到電影院去了；他們倆剛走，白羅就把椅子移近老杜邦，看似要進一步探究考古學的奧祕。

「在經濟這麼不景氣的時期，增加預算很不容易吧？你接受私人捐款嗎？」

杜邦先生叫起來。

「老兄，我們簡直要跪下來懇求哩！他們對一般的挖掘成果不感興趣，他們喜歡獨特的東西，尤其是黃金，愈多愈好。說也奇怪，喜歡陶器的人竟然只占少數。要知道，如果想要研究人類的發展歷史，你從陶器的製作演變上即可一覽無遺。花彩啦，形狀啦，焙燒技巧啦……」

杜邦先生談得津津有味，還警告赫丘勒先生不要被甲先生的作品欺騙；乙先生所判斷的日期根本是個致命的錯誤；丙先生的地層理論毫無科學根據。白羅鄭重其事地保證，他絕不會被這些科學家的著作給誤導。然後他說：「說到捐贈，五千英鎊……」

杜邦先生興奮地湊過身子。

「你準備捐贈嗎？捐給我？以贊助我們的研究工作？這數目太大，太驚人了。我們從未接獲這麼大筆的私人捐助！」

白羅咳了一下。

「我必須承認，我是有個請求……」

「噢，當然，我了解，你要一個『紀念品』，古陶器……」

「不，不，你誤解了，」白羅趕快打斷考古學家的話，免得他繼續瞎猜。「是我那位女祕書——一個可愛的小姐，就是你今天晚上看見的那一個——她可以伴隨你們一起去嗎？」

片刻間，杜邦先生顯得有點驚愕。

「當然，」他撑著鬍子說，「這應該可以安排。我和兒子商量商量。我的侄兒和侄媳婦也要跟我們一起去，我們打算舉辦一次家族旅行。我會和兒子談一談……」

「格雷小姐對陶器極感興趣。從童年時代起，古代文物就令她著迷。參與考古工作是她一生的夢想。此外，她補襪子和縫鈕釦的手藝很好。」

「那是相當有用的才能。」

「可不是嗎？現在，請你談談波斯陶器吧。」

杜邦先生興致勃勃地繼續談論他獨到的蘇沙一號、蘇沙二號研究。

回到旅館，白羅在大廳遇見珍正在和金·杜邦說再見。白羅和珍一起乘電梯上樓時說：

「我替你找到一份很有意思的工作。明年春天，你可以隨同杜邦父子到波斯去旅行。」

珍驚詫地望著他。

「他們向你正式提出這個建議的時候，你要高興地接受。」

「我才不去波斯！我要和諾曼去馬斯韋希爾，或者紐西蘭。」

白羅和藹地向她擠了擠眼。

「我的孩子，」他說，「到明年三月，還有幾個月嘛。表示高興，並不等於一定要去。像我，我暗示他我要捐款，可是支票並沒有開。儘管如此，明天早上我還是得給你弄來一本近東古代陶器手冊。我說你對陶器很感興趣。」

珍嘆了一口氣。

「做你的祕書可不是件好差事！還有什麼別的嗎？」

「是的。我還說，你善於織補襪子和縫鈕釦。」

「請問，這明天就得表演嗎？」

「很可能，」白羅說，「如果他們把我的話當真的話。」

23 安妮・莫里索

次日早上十點半，陰鬱的富尼埃先生走進客廳，跟矮小的比利時人熱情地握了握手。他比平常稍有生氣。

「先生，」他揚聲說道，「我有件事要告訴你。你在倫敦分析吹管藏匿處那件事的重點，我終於了解了。」

「哦！」白羅喜形於色。

「是的，」富尼埃說著在椅邊坐下。「我多次思考了你的話，一再告訴自己說：『凶手一定不可能採用我們推測的那種方法殺人。』我最後終於看出了這句話和你對發現吹管一事的聯繫。」

白羅仔細傾聽，但是一聲不吭。

「在倫敦那一天，你說過：『如果吹管能夠輕而易舉地扔出氣眼，為什麼還要留著讓人發現呢？』現在，我想我有了答案：『吹管會被發現，是因為殺人犯希望它被發現。』」

「好！」白羅歡呼一聲。

「當時，你是這個意思嗎？好，我想沒錯。現在繼續分析吧。我問自己：『殺人犯為什麼希望別人發現吹管？』我得到的回答是：『因為吹管並沒有用上。』」

「好！好！這就是我的看法。」

「我對自己說：毒針是用了，吹管卻沒使用。是某樣任誰把它放在唇邊都不會啟人疑竇的東西，把毒針射了出去。因此我想起，你堅持開列一份乘客的物品清單。在清單上，我特別注意到下面幾項物品：霍伯里太太的兩個菸嘴，放在杜邦父子桌上的庫爾德菸管……」

富尼埃住口，望了望白羅。白羅卻神祕莫測地坐著沒動。

「把這些東西拿到唇邊，誰也不會認為有什麼特殊目的……我說得對嗎？」

白羅遲疑了一下，然後說：「你的思路是正確的，但稍微走遠了。你不要忘了黃蜂。」

「黃蜂？」富尼埃顯得困惑莫解。「不，這我就不懂了。我看不出來這和黃蜂有什麼關係。」

「你看不出來？但我倒……」

電話鈴聲打斷了白羅。他拿起話筒。

「哈囉！……啊，早安。是，是，我是赫丘勒·白羅。是蒂博特先生……」白羅向富尼埃輕聲說，「是的，是的，真的，很好。你呢？富尼埃先生嗎？沒錯，他到了，人就在這裡。」白羅把話筒放在桌上。「蒂博特先生打算到警察局找你。但那裡的人對他說，你到我這裡來了。你跟他談談吧。看來，他很著急。」

富尼埃拿起話筒。

「哈囉，我是富尼埃……什麼？不可能！真的嗎？是的，我相信他會的。我們馬上就去。」

他掛上話筒，看了看白羅。

「是那個女兒，吉塞爾太太的女兒。」

「什麼？」

「吉塞爾太太的女兒到他那裡去聲請繼承權。」

「她是從哪裡來的？」

「據我了解，從美國。蒂博特請她在十一點半回來。他希望我們也過去。」

「唔，當然。我們馬上就去……不過我得給格雷小姐留一張字條。」

白羅先生急匆匆地寫道：

臨時有事我不得不外出。如果金．杜邦先生打來電話或者親自來了，請你殷勤地接待他。請你跟他多談襪子和鈕釦，千萬別提史前的陶器。他是很喜歡你，不過他也很聰明。

赫丘勒．白羅

「現在我們就走吧，我的朋友，」他說著站了起來。「這是我一直在等待的事——揭開某個神祕人物的面紗，我一直隱約感到有這個人物存在。現在，很快就會把一切搞清楚了！」

§

蒂博特先生非常熱忱地接待白羅和富尼埃。在親切的寒暄和客套一番之後，律師談起了吉塞爾太太的繼承人。

「昨天我收到一封信，」他說，「今天早上我就見到了這位年輕的女士。莫里索小姐，確切地說，是理查茲太太，只有二十四歲。她有證明身分的文件。」

蒂博特先生打開他面前的卷宗，讓白羅看了看喬治·萊曼和瑪麗·莫里索結婚證書的副本。他們倆都是魁北克人。結婚證書上的日期是一九一〇年。還有安妮·莫里索的出生證明和其他一些文件。

蒂博特闔上卷宗。

「從這些文件可以看出吉塞爾太太早年的生活概況。」蒂博特點點頭。「就我目前所拼湊的資料。」他說，「瑪麗·莫里索在遇見這個萊曼的時候，原本是一個保母或女裁縫。我看，萊曼一定是個壞人，婚後不久就把她拋棄了；所以她重新用了娘家的姓。她生的孩子留在魁北克的『瑪麗孤兒院』，由院方把她教養成人。瑪麗．莫里索，或者說瑪麗．萊曼，很快就離開了魁北克，我認為她是和一個男人一起離開的，接著到了法國。她經常從那裡匯錢給女兒。當時，瑪麗．莫里索，或者說瑪麗．萊曼，無疑生活仍不穩定，而且和所有的親朋好友斷絕往來。」

「這小姐如何知道遺產是她的呢？」

「我們在各報上登載了通知。其中一份報紙被『瑪麗孤兒院』的女院長看到了，於是寫信或者拍了電報給理查茲太太；這位太太剛好人在歐洲，但是準備回美國去。」

「這個理查茲是何許人也？」

「我猜他是出生在底特律的美國人或加拿大人；他的職業是製作外科醫療器械。」

「他和妻子在一起嗎？」

「不，他人在美國。」

「理查茲太太說得出母親被人謀害的可能原因嗎？」

律師搖了搖頭。「她根本不知道母親的情況，甚至記不得母親做小姐的名字，雖然院長跟她提過一次。」

「看來，」富尼埃說，「這個女兒的出現，對於解決謀殺案毫無幫助。不過，我也從未寄望過。現在我把重點完全放在其他方向，我的偵查對象已縮小為三個人。」

「四個。」白羅說。

「你認為是四個人？」

「並不是我認為，而是根據你自己的推測。你不能把對象只限於三個人。」白羅的手很快晃了幾下。「兩個菸嘴，庫爾德菸管和長笛。你別忘了長笛，我的朋友。」

富尼埃發出一聲驚叫，這時房門剛好打開，一名中年辦事員低聲說：「那位女士回來啦。」

「啊，」蒂博特說，「現在你們能夠親眼看到這個繼承人了。請進，太太。讓我給你介紹一下吧，這是巴黎保安局的富尼埃先生，在法國負責調查你母親的死亡案件。這位是赫丘勒·白羅先生，他的名字也許你很熟悉，他也熱心地協助我們。先生們，這位是理查茲太太。」

吉塞爾的女兒是個面孔黧黑、滿頭烏髮的年輕女人，穿著既時髦又淡雅。她依次和大家握了握手，同時說了幾句感激不盡之類的話。

「恐怕，先生們，我不會有一般女兒應該有的反應。一直以來，我就是被當作孤兒養大的。」

回答富尼埃的問題時，她熱忱地感激「瑪麗孤兒院」的院長安吉莉卡女士。

「她一向對我很好。」

「你何時離開孤兒院的，太太？」

「我剛滿十八歲就離開了，先生。自此我開始自力更生。有一段時間，我給別人修指甲，也在服裝店工作過。後來我在尼斯遇見我的丈夫。當時他正準備回美國。這次他因公到荷蘭出差，於是我們一個月前便在鹿特丹結婚了。不巧的是，他因事要先到加拿大去。我留下來了，但現在準備要去和他會合。」

安妮．理查茲的法語說得輕快又流利。她比較像是法國女人，而不像英國女人。

「你如何知道這場悲劇的呢？」

「先前，我從報上知道這件消息，但我不知道也沒意識到受害者就是我的母親。後來在這兒，在巴黎，我接到了安吉莉卡女士的電報，她把蒂博特先生的住址告訴了我，提到了我母親做小姐時的名字。」

他們又談了一會兒，可是事情已經很清楚，理查茲太太對於查出殺人犯一事不會有多大幫助。她一點也不知道母親的生活情況或生意往來的對象。問明安妮．莫里索下榻旅館的名稱以後，白羅和富尼埃就告別出來了。

「你失望了吧，老友，」富尼埃說，「你對這女孩有什麼想法？你曾懷疑過這個女孩可能是個冒牌貨吧？也許現在仍懷疑？」

白羅沮喪地搖了搖頭。

「不，我並不認為她是冒牌貨。她的身分證明看來不是造假。然而奇怪的是，我有那麼一種感覺，好像在哪兒見過她，還是她使我想起了什麼人……」

「像死者嗎？」富尼埃疑惑地猜測。「應該不會。」

「不，不是。希望能快點回想起來，我確定她的面孔使我聯想起什麼人。」

富尼埃孤疑地看著他。

「我猜你對那些失散的女兒一向很感興趣。」

「當然囉，」白羅微微揚起眉毛，繼續說：「因為吉塞爾的死亡，就那些有利或者不利的人而言，這個年輕女人很顯然是最能獲得好處的。」

「對。可是，這又代表什麼呢？」

白羅一兩分鐘沒有回答。他在不斷地尋思。終於，他說：「我的朋友，一大筆財富將要轉到這個小姐手裡。若說我打一開始就懷疑她涉案，你相不相信？飛機上有三個婦女。其中一個，維妮塔・克爾小姐，出身名門。可是其他兩個呢？自從伊利絲・格蘭迪判斷吉塞爾太太的女兒的父親是個英國人後，我就推測那兩個女人中，有一個可能是她女兒。她們的年齡都差不多。霍伯里太太過去是合唱團員，來歷不明，她用的是演出時的名字。珍・格雷小姐，據她告訴我，她是在孤兒院裡長大的。」

「嗨，真是！」富尼埃說，「這就是你一直放在腦子裡的問題？我們的朋友傑派一定會說你太天才了。」

「這倒是，他經常指責我，說我喜歡把事情複雜化。然而並非如此，實際上，我用的都是最簡單的方法，而且我一向樂於接受事實。」

「那你失望了嗎？你希望從安妮・莫里索那兒得到更多的訊息嗎？」

他們剛剛走進白羅所住的旅館，服務台上的一件東西使得富尼埃想起他跟白羅先生早上的談話。

「哦！我還沒有感謝你，」富尼埃說，「因為你讓我注意到我犯的錯誤。忘記布賴恩醫生的長笛是不能原諒的，雖然我並不真正懷疑他……」

「哦，是嗎？」

「他不像是那樣的人。」

富尼埃停住了。一個手裡拿著長笛盒子的男人正在服務台和辦事員談話。他轉過身來，視線落在白羅身上，面孔隨即亮了起來。白羅上前一步，富尼埃退到後面，讓布賴恩看不見他。

「布賴恩醫生！」白羅說著彎了彎腰。

「白羅先生！」

他們倆握了握手。站在布賴恩旁邊的一個女人朝電梯走過去。白羅瞟了她一眼，然後說：「哎，醫生先生，你的患者沒有你可以嗎？」

布賴恩醫生微笑一下，仍是那副憂鬱迷人的笑容。他看來面容困倦，但是心緒平穩。

「我現在沒有患者。」說著，他向小桌跨近一步，問道：「白羅先生，來一杯雪利酒或者開胃飲料吧？」

他們在桌邊坐下。醫生要了酒，然後慢慢地說：「現在我沒有患者了。我不再執業，退休了。」

「突然決定的嗎？」

「不算突然。」

他沒有回答，看著侍者送上酒來。舉起酒杯後，他說：「這是迫不得已的決定。在他們從正式名單上把我勾掉之前，我先自動放棄職務。」他用柔和而深沉的聲調繼續說：「在每個人的生命中，遲早都會出現一個轉捩點，白羅先生。一旦站在十字路口，你就必須做選擇。我喜歡我的職業，放棄它是很可惜。但是，人也有其他需求，那就是追求幸福。」

白羅什麼也沒說，等著。

「有個太太，是我的患者，我很愛她。她的丈夫帶給她莫大的痛苦。他是一個吸毒者。如果你是個醫生，就會知道這是多麼可怕的事。她自己沒有收入，所以她不能離開他……我猶豫了一陣，現在已下定決心。她和我將到肯亞去，我們要在那裡開始新的生活。我希望她得到幸福。她痛苦太久了……」

他又沉默下來，然後用更加強烈的語調說：「我把這一切告訴你，白羅先生，是因為這個消息很快就要公布了，但你知道得愈早愈好。」

「我明白。」白羅回答一聲。過了片刻，他又說：「我看你要把長笛帶走吧？」

布賴恩微笑了一下。

「長笛是我最好的朋友，白羅先生……當什麼都失去時，就只有音樂仍陪伴著你。」

他的手呵護備至地摸了摸長笛盒子。然後，布賴恩站起身來，彎了彎腰。白羅也跟著站了起來。

「祝你一切順利，醫生，也祝那位太太幸福美滿。」白羅說。

當富尼埃走向自己的朋友時，白羅正坐在小桌邊，等一通打去魁北克的長途電話。

24 裂開的指甲

「這是怎麼回事？」富尼埃喊叫起來。「你還在懷疑這個繼承人嗎？你對她也成見太深了吧。」

「沒有，我才沒有。」白羅反駁。「處理任何事情都必須講求條理和方法，弄清楚一件事情後，我們才方便進行下一件事。」他回頭一看。「啊，格雷小姐你來了。我看，你們是要去用餐吧。我去去就來。」

富尼埃勉為其難地同意了。接著，他和珍就到餐廳去了。

「唔，」珍好奇地問道，「她是怎樣的一個人？」

「略高的中等身材，黑黑的臉蛋，鬈曲的頭髮，尖尖的下巴……」

「你說的就像護照上寫的一樣，」珍笑了一下。「我的護照上簡直都是侮辱人的描述。全是些什麼『中等』呀、『一般』呀這類字眼。鼻子，中等長度；嘴巴，一般；腦袋，一般；下巴，一般。」

「可是眼睛……不一般。」富尼埃說。

「我的眼睛是灰色的，這不是很值得雀躍的顏色。」

「小姐，誰告訴你這不是很值得雀躍的顏色？」富尼埃傾過桌子問。

珍大笑起來。

「你應該是非常精通英語的！你再說說安妮．莫里索吧。她漂亮嗎？」

「十分漂亮，」富尼埃小心地回答，「她不是安妮．莫里索，她是安妮．理查茲。她已經結婚了。」

「她的丈夫也來了嗎？」

「沒有。」

「為什麼？」

「因為他在加拿大或者美國。」

他向珍談了談安妮的生平。

他剛剛結束自己的敘述，白羅就來到他們這兒了，顯得有點陰鬱。

「怎麼樣，朋友？」

「我和院長——安吉莉卡女士談過了。你們看，這真是不可思議，越過加拿大或美國，輕輕鬆鬆就和地球另一邊的人談話……」

「用傳真的方式送照片，這也是非常不可思議。科學真是最最不可思議的。你剛說什麼來著……」

「我和安吉莉卡女士談過了。她絲毫不差地證實了理查茲太太描述在瑪麗孤兒院裡的生活情況。她坦白相告，說理查茲太太的母親是和一個販賣酒類的法國人離開魁北克。她走時，安吉莉卡太太放下一顆心，因為如此一來，吉塞爾便不會影響孩子了。照安吉莉卡的話看來，吉塞爾當時是日趨墮落。吉塞爾經常寄錢來，可是從來不和女兒相見。」

「實際上，你所談的完全是今天早上的談話。」

「只有一個區別，就是一切都談得更加詳細了。安妮．莫里索六年前離開了瑪麗孤兒院；先去做修指甲的小妹，隨後在一個太太那裡當女傭，最後和女主人一起從魁北克搬到歐洲。她不常寫信，安吉莉卡女士通常一年得到她一兩次消息。安吉莉卡女士在報上看到有關審訊的報導時，就認為瑪麗．莫里索很可能就是那個……」

「可是那個丈夫呢？」富尼埃問，「現在我們知道，吉塞爾是有過丈夫的，他可能是主要的……」

「我考慮過這一點，這也是我打電話的原因之一。喬治．萊曼這個壞蛋在戰爭初期就陣亡了。」

白羅沉默了一下，然後訥訥地說：「我剛才說什麼來著？不是剛才那句，是再前面那句。我感覺我好像說了什麼重要的話，卻不知道是哪句。」

富尼埃盡可能把白羅的話重述了一遍，可是這個矮小的比利時人不滿意地搖了搖頭。

「不，不，不是那個，唔，算了，沒什麼要緊……」

他們吃完飯，白羅建議到大廳裡喝杯咖啡。珍伸手去拿放在桌上的手提包和手套。拿起後，她皺了皺眉頭。

「發生了什麼事嗎，小姐？」

「沒什麼。」珍微笑一下。「只是指甲裂了，得把它銼一銼。」

白羅忽然撲通一聲坐在椅子上。

「該死，真該死！」他平靜地說。

珍和富尼埃吃驚地望著他。

「白羅先生！」珍叫道。「什麼事呀？」

「我想起來了，」白羅回答，「我為什麼覺得安妮·莫里索的面孔有點熟。我見過她……在飛機上，謀殺案發生的那一天。霍伯里夫人叫她去拿指甲銼子……安妮·莫里索就是霍伯里夫人的女傭！」

25 「我擔心……」

「我擔心……」

這突來的發現，使得坐在桌旁的三個人都非常驚愕。事情完全改觀了，因為原本以為安妮．莫里索是和悲劇沒有絲毫關係的人，但她竟然就是犯罪的核心人物。他們花了一兩分鐘理好頭緒。白羅瞇起眼睛，兩隻手發狂地揮動了一下，臉上露出緊張的怪相。

「等一會，等一會……」他懇求地說，「我得想一想，得看一看這一切是否會改變我對本案的認識！我應當回想一下……該死的肚子！當時我光是顧著自己的肚子……」

「可見，她在飛機上……」富尼埃自言自語，「我開始明白啦。」

「哦，我記起來了，」珍說，「一個高高、黑黑的小姐。」她閉上眼睛，努力回憶。「霍伯里太太管她叫……馬德琳。」

「正是，馬德琳！」白羅說。

「霍伯里太太還叫她到飛機尾部去拿一個盒子，一個化妝盒……」

「你是說，」富尼埃遲疑了一下，問道，「這小姐走過……她母親的位子？」

「沒錯。」

「動機，方便的機會……對，就是如此。」他舒了口氣。然後，他突然一反抑鬱，在桌上「砰」的擊下一拳。「可是，見他媽的鬼！為什麼誰都沒提到這一點？為什麼我們沒把她列入嫌疑者的名單？」

「我可是對你說過，我的朋友，」白羅困乏地說，「我倒楣的肚子……」

「對，對，那是十分明顯的。可是，其他人的肚子都好好的啊——空服員的、乘客們的！」

「我想，」珍說，「這件事發生得很早。當時飛機剛剛飛出布爾歇，吉塞爾也還健在。而她死亡的時間其實遲得多。」

「這很奇怪，」富尼埃重新沉思地拖長聲調說，「可能……這是慢性毒藥？是這麼回事嗎……」

白羅沉重地喘了一口氣，把頭埋在兩隻手中。

「我需要想一想。需要想一想。難道我的看法都錯了嗎？」

「老朋友，」富尼埃安慰地說，「這種事常有的。我常碰到，可能，你也碰到過。有時我們不能不壓下自尊心，重新調整自己的想法。」

「沒錯，」白羅表示贊同。「我顯然太看重某一條線索了，我相信自己能夠找到正確的線索，我也找到了，並據此建立推論。不過，如果我從一開始就錯了，如果這種東西果真是偶然落到那裡的……那我應當承認自己錯了，徹徹底底錯了。」

「對這種重要的線索，沒人會視而不見的。」富尼埃說，「動機和機會都解釋得通，那我們還等什麼？」

「不用等，一定就是如此。大概，事情就像你所說的那樣。誠然，毒藥慢慢才生效，是一種不尋常的現象，甚至可以說是不可能，然而一旦涉及毒藥的使用，什麼都有可能，看來還應當注意異常反應……」白羅停住口，仔細思量。

「我們應當研討進一步的計畫，」富尼埃說，「此時此刻，我認為，引起安妮．莫里索的懷疑是愚蠢的。她完全不知道你已認出她。因為她的正當要求已被接受了。我們知道她住的旅館，可以透過蒂博特先生跟她保持聯繫。法律手續經常都是可以拖一拖的。我們確定了兩點事項：動機和下手的機會。我們還必須證明安妮．莫里索握有蛇毒。對於那個在巴黎買了吹管以及收買過朱利．派瑞的美國人，也得查清楚。可能，那人就是理查茲，安妮的丈夫。要知道，她說他在加拿大。」

「你說……丈夫？是的，丈夫，哦，且慢，且慢！」白羅用手指夾緊太陽穴。「都錯了……」他嘟囔道，「我一直沒讓我的灰色腦細胞好好運作，我太忙於下結論了。我只思考我想思考的事。不，這下又錯了。如果我原始的想法是對的，我不可能刻意去思考……」

他沉默了許久，然後放下手來，直挺挺地坐著，並且對稱地擺好兩支叉子和鹽碟。

「我們來推論一下，」他終於提出建議，「安妮．莫里索到底有罪或者無罪。如果她無罪，那她為什麼要撒謊？為什麼要隱瞞她是霍伯里夫人的女傭？」

「正是。為什麼？」富尼埃隨聲附和地問。

「我們認為安妮．莫里索有罪，是因為她撒謊。可是，請等一等，假定我的第一個推測是正確的。這個推測符合安妮．莫里索的罪行，還是符合她的謊言？對，對，應當有個前提。可是，在這種情況下，如果這個前提是對的，安妮．莫里索根本不該在飛機裡。」

富尼埃心想：「現在我終於明白那個傑派警官說的話了。這個怪人確實喜歡使一切複雜化。他想讓現在已經十分簡單明確的事情變成一團混亂。他就是不能安於一種直截了當的結論，因為這種結論不符合他的成見。」

珍尋思：「我不知道他腦袋瓜裡在想些什麼……為什麼這個小姐不該在飛機裡？她本來就該跟在霍伯里太太身邊嘛！我看，他根本是個江湖郎中……」

忽然，白羅吹了聲口哨，吸了一口氣。

「唔，當然囉，」他說，「這是完全可能的，也很容易想到。」他站立起來。「我需要再打一個電話。」

「打到魁北克嗎？」富尼埃問。

「不，這次只要打到倫敦。」

「打給蘇格蘭警場？」

「不，打到格羅夫納廣場霍伯里家。希望霍伯里夫人在家就好了。」

「小心點吧，我的朋友。如果安妮．莫里索知道我們打聽她的情況而起了疑心，這對我們的工作沒有好處。不要打草驚蛇……」

「別怕，我會小心的，我只提一個問題，一個最無害的問題。」白羅微微一笑。「如果你不放心，我們一塊兒去。」

兩個男人走了，珍留在桌邊。

呼叫電話占了一些時間。白羅的運氣很好，霍伯里夫人正在家裡吃早餐。

「很好。請你告訴霍伯里夫人，說是赫丘勒．白羅先生從巴黎打來的電話。」一陣停頓。「是你嗎，霍伯里夫人？不，不，一切都很順利。請你相信，一切都很順利。不，不是為這件事。我想要請你回答一個問題。是的……你從巴黎飛往英國的時候，你的女傭通常是跟在你身邊呢，還是另乘火車？另乘火車……而那次呢？我明白了……你確定嗎？啊，她離開了你？我明白……突然離開了你？當然，是很忘恩負義。不，不，不必擔心。再見。謝謝你。」他掛上話筒，向富尼埃轉過身來，他的兩眼發昏、冒火。「聽我說吧，我的朋友。霍伯里夫人的女傭通常是乘火車和輪船。在吉塞爾謀殺案發生的那天，霍伯里夫人最後一分鐘決定讓馬德琳也坐飛機。」白羅一把抓住富尼埃的胳膊。「趕快，我的朋友，」他說，「我們到旅館去！如果我的想法是正確的——而我認為是——那我們就沒時間了！」

富尼埃瞪著他，但在他還未及發問前，白羅已經轉身朝旅館的旋轉門跑出去了。

「我一點也不明白，這是什麼意思？」

富尼埃幾乎是跟在他的後面跑。服務生打開計程車的車門。白羅跳進汽車，說了安妮・莫里索旅館的地址。

「開快一點！快！」

「什麼蒼蠅把你叮了？你在發瘋似的追趕什麼？」

「因為，我的朋友，如果我的猜測是正確的，安妮・莫里索就要遭到危險了。」

「你這樣想嗎？」富尼埃掩飾不了聲音裡的疑惑。

「我很擔心，」白羅說，「十分擔心。哎呀，我的上帝，這車是用爬的啊！」

然而這時，計程車卻以一小時四十英里的速度往前疾馳，由於司機的視力很好，所以才能在川流不息的車流中僥倖地鑽進鑽出。

「如果我們繼續這樣飛奔，再過兩三分鐘就會發生車禍。」富尼埃嚴峻地說，「我們就這麼扔下格雷小姐，這個可憐的小姐正在等候我們打完電話就回去，可是我們反而離開旅館，甚至一句話也沒跟她說。這太不禮貌。」

「禮不禮貌又如何？現在是生與死的問題。」

富尼埃聳了聳肩，心想：「這個鬼迷心竅的人可能把一切都毀掉了！如果安妮・莫里索猜到我們在追蹤她……」

「聽我說吧，白羅先生，凡事需要小心！」

「你什麼也不明白，」白羅叫喊起來。「我擔心……」

在安妮・莫里索下榻的旅館門口，計程車猛然煞住。白羅跳出汽車，差點兒撞倒了剛從大門裡走出來的一個人。白羅望著他的背影，愣了一下。

「又是一副我知道的面孔……但在哪兒見過呢？啊，這是演員雷蒙德・巴勒羅夫。」

他朝旅館大門跨上一步，這時富尼埃審慎地把一隻手放在他的肩上。

「白羅先生，我十分敬重你，也欽佩你的辦案方法，可是我真的覺得冒失的行動是危險的。在法國這兒，負責處理這件案子的是我……」

白羅打斷了他。

「我明白你的憂慮，請你不必擔心我『冒失的行動』。我們問問旅客登記處。如果理查茲太太在這兒，可見一切都好，那我們再一塊兒研究下一步的行動。你不反對吧？」

「不，不，當然不會。」

「好極了！」白羅朝旅客登記處走過去，富尼埃跟在他的後面。「是不是有位理查茲太太住在你們這裡？」白羅向登記處的工作人員問道，「她在嗎？」

「不，先生。她在這兒住過，可是已經走了。今天。」

「走了？」富尼埃再問一聲。

「是的，先生。」

「幾點鐘的事？」

服務生瞧了瞧錶。

「半小時前。」

「她是突然離開的嗎？她到哪兒去了？」

服務生不想回答；但是，富尼埃出示了自己的證件，於是服務生的聲調馬上就變了，表示十分樂意協助警方。

「她沒有留下地址。我看，她是突然改變計畫的。她本來說，打算在這兒待個一星期左右。」

電梯小弟、搬運夫、清潔女工都被叫來了。據電梯小弟說，有一位先生來找這位太太，他來的時候，她不在，等她回來以後，他們就一塊兒吃早餐。這位先生是什麼樣子呢？一個清潔女工說，他是個美國人。太太看見他時顯得十分驚奇。吃完飯以後，太太吩咐叫了一輛計程車，要搬運夫把她的行李搬到樓下。她上哪兒去了呢？到北站去了。至少她是叫司機開到那兒的。美國人是跟她一塊走的嗎？不，她一個人走。

「北站……」富尼埃尋思。「可見，方向是往英國。列車開行時間是兩點。不過或許是個幌子。必須跟布隆那邊聯絡上，設法攔住那輛計程車。」

白羅的擔憂現在也傳染給富尼埃了，他的臉色十分緊張。

警車飛快地開動起來。

§

珍一直坐在大廳裡看書，當她抬起頭來，看見急急忙忙走進來的赫丘勒．白羅時，已經是下午五點。珍本來張開了嘴，可是指責的話沒有說出口。白羅的臉色阻止了她。

「發生了什麼事嗎？」珍驚恐地問，「這麼久你到哪兒去了？」

白羅把她的手握在自己手裡。

「人生是很殘酷的，小姐。」他說，他的聲音嚇了珍一跳。

「出了什麼事呀？」她重問了一句。

白羅慢慢地說：「和渡海輪船銜接的一列火車到達布隆的時候，他們在頭等車廂的一個客艙裡發現了一個女人——她死了。」

珍馬上大驚失色。

「安妮．莫里索嗎？」

「安妮．莫里索。她的手裡握著剩了一點兒氫氰酸的小瓶子。」

「哦！」珍大吃一驚。「自殺？」

白羅沉默片刻。然後，精心地挑選了說法，說道：「警局認為這是自殺。」

「那你呢？」

白羅打了個意味深長的手勢。

「我能想什麼呢？」

「自殺？可是為了什麼呀？良心的譴責，還是怕被揭發？」

「人生是很殘酷的，」白羅搖搖頭說，「需要有很大的勇氣……」

「自殺！沒錯，那倒是。」

「活下去，」白羅說，「也需要勇氣。」

26 晚餐後的談話

次日，白羅離開了巴黎。他給珍留下了一張紙條，寫明了應辦的急事。珍覺得，紙條上的大多數事項都毫無意義，但她還是非常努力達成。在這段時間裡，她見過金·杜邦兩次。他談到與她同行的旅遊行程，可是珍由於沒有得到白羅的指示，不敢說實話，只是迴避直接的回答，嬌媚而調皮地改換話題。

過了五天，一份電報把珍叫回了英國。諾曼跟她在一輛車篷可以摺起的汽車裡見了面。路上，他們倆談了談最近的一些事情。

安妮·莫里索自殺的事，只有很少的人知道。報上出現一則簡訊，報導了一個加拿大婦女——理查茲太太——在巴黎開往布隆的特快列車上自殺身亡，這就完畢了。沒有提到這一事件跟普羅米修斯號的神祕謀殺案有什麼聯繫。

諾曼和珍兩人都洋溢著喜悅，認為他們倆的一切災難已接近尾聲。然而，諾曼卻不像珍那麼樂觀。

「警方懷疑安妮殺害了她母親；但是，在事態突然變化之後，他們一定會繼續調查。除非做了公開聲明，不然我們的陰影還是揮之不去。在人們的目光裡，我們還是嫌疑人等。」

過了幾天，他在皮卡地里街遇見白羅的時候，他大致上也是這麼說的。

白羅微微一笑。

「你和所有人一樣，認為我是一個辦事不牢靠的老頭子。這樣吧，今晚到我那裡去吃飯。傑派警官和我們的好朋友克蘭西都要來。我要告訴你們一件有趣的事。」

晚宴愉快地度過。傑派情緒很好，雖然對待一切還是那副傲慢模樣；諾曼滿腹好奇；克蘭西先生則簡直高興得發顫，就跟他第一次看見那隻要命的毒針時一模一樣。而很明顯，白羅也放下身段地取悅那位小個子作者。

餐後，喝了芳香的咖啡，白羅先生擺出一副架式，有點窘迫地咳嗽幾聲清了清嗓子。

「朋友們！」他鄭重其事地向客人們說，「克蘭西先生對於他可能會稱之為『我的方法，華生』這件事表現了很大的興趣。難道不是這樣嗎？如果不厭煩的話——」他意味深長地停頓一下。

諾曼和傑派趕忙異口同聲地保證。「不，當然不厭煩！非常有興趣！」

接著，白羅說：「我要請你們聽我簡短地談談自己偵查這樁案件時所用的方法。」他住了口，看了看自己的什麼筆記。

「太自命不凡了！」傑派向諾曼低聲說，「自負就是他的別名！」

白羅責備地看了看他，咳嗽了一聲。

三張謙恭、好奇的臉都朝向白羅，於是他講了起來。

「我們就從頭說吧，朋友們。我們回到普羅米修斯號客機從布爾歇到克洛敦的那次致命飛行。我想向你們談談我最初的一些推測、印象，談談我根據後來的線索如何確定或者修正這些推測。

「在到達克羅登之前，布賴恩醫生應空服員的要求去查看那位乘客，於是我跟在他的後面。我有一種感覺，或者可以說直覺吧，那兒可能發生了什麼與我有關的事。也許我是從過於專業的立場來認識死亡。然而在我看來，一切死亡事件可以分成兩類：第一類可說是與我有關的，第二類是與我無關的。雖然後一類居多，但反正都一樣，只要遇見死亡的事，我就會不由自主地變成一隻狗，感應到危險訊息，然後警覺起來，抬起腦袋，東嗅西嗅。

「布賴恩醫生向我們證實了空服員最壞的推測：婦人死了。而未經詳細檢查，他自然不能確定死亡的原因。關於這一點，金．杜邦先生說出一種猜測：死亡是由於黃蜂刺螫發生休克的結果。為了支持自己的猜測，這位乘客說他自己打死一隻討厭的黃蜂。這是一種完全合乎情理的說法，很容易使人認同。況且，這婦人的脖子上還出現了一個黑點，正像黃蜂刺螫之後留下的痕跡。而在這之前，飛機上確實有過黃蜂。

「湊巧的是，我往下一看，發現了一件東西，這東西乍一看似乎是一隻死了的黃蜂，然而，它其實是土人用黃絲和黑絲做成的吹針。在這瞬間，如果你們記得的話，克蘭西先生擠到前面，說這古怪的吹針就是某些土著部落用特製吹管射出的毒針。於是飛抵克洛敦的時候，我已經有了幾種想法。但一踏上堅實的土地，我的腦筋就開始正常地靈活運作。」

「我們懂你的意思，白羅先生！」傑派警官露出戲謔的微笑說，「不用假謙虛了。」

白羅友好地甩了他一眼，繼續說：「正像其他人一樣，我有一種非常強烈的想法：用這樣的方法殺人，簡直是目中無人！然而更令人驚嘆的是，竟然沒人看見。

「還有兩點使我感到興趣：第一，飛機上恰巧出現黃蜂；第二，在九號座椅下面發現了吹管。

「驗屍之後，我曾向我的朋友傑派警官說，如果隨便就可以把吹管塞出氣眼，凶手為什麼不丟掉它呢？自然，毒針是難以發現或者認出的；然而，留下一支還殘存著價格標籤的吹管，就完全是另一回事了。

「那麼，有什麼解答呢？顯然，殺人犯希望別人發現吹管。

「可是為什麼呢。只有一種回答是合乎邏輯的：如果吹管和毒針被人發現，大家會認為罪犯是利用吹管射出的毒針達成的。可見，實際上，這次謀殺並不是採用這種辦法。

「從另一方面來看，根據醫生鑑定，致死的原因無疑是毒針。我閉上眼睛，問了問自己：要把毒針正好扎進頸靜脈，有什麼最穩妥可靠的辦法呢？我立即得到了回答：用手札。這也說明了凶手為什麼希望吹管被發現。吹管一定會使人想到『距離』。如果我的分析是正確的，那麼，殺害吉塞爾太太的那個人，曾直接走到她的座椅前面，並且向她俯下身去。有這麼一個人嗎？是的，這樣的人甚至有兩個——兩個空服員。其中任何一個都能走到吉塞爾太太跟前，俯下身去，而且誰也不會認為這有任何不尋常之處。除了兩名空服員，還可能有別人嗎？有，還有克蘭西先生。在所有乘客中，他是唯一直接走過吉塞爾太太身邊的人。而且我記得，也是他首先提出吹管和毒針的事。」

「我抗議！」克蘭西先生跳了起來。「我抗議！」他大聲嚷嚷。「這是無恥的誹謗！」

「請坐下！」白羅說，「我還沒說完呢。現在把我得出結論的步驟一一說明。

「就這樣，我有了三個可能的嫌疑者：空服員米契爾和戴維斯，以及克蘭西先生。他們每個人看來都不像殺人犯。所以，還需要進行許多調查。

「我把自己的思考轉向黃蜂身上。這隻黃蜂非常有啟示性。第一，在末端上咖啡的時候，誰都沒看見牠。這本身已經十分值得注意。我建構了一個犯罪的推論：這殺人犯故意使人推演出兩種下手的方式。第一個比較簡單，黃蜂刺螫了吉塞爾太太，太太遂死於心臟衰竭。這種辦法能否成功，取決於殺人犯能否不現形跡地把毒針收走。傑派警官和我一致認為，把毒針藏起來是十分容易的，因為沒人想到這可能是耍詐。毒針上原先那種深紅色的絲，無疑換成了黃色和黑色的絲，那是為了摹擬黃蜂的外觀……

「我們這位殺人犯走近受害者的位子，把那不祥而致命的毒針扎進她的脖子，然後馬上放出黃蜂；毒性很強，死亡實際上是瞬間的事。如果吉塞爾太太叫喊，由於發動機的隆隆作響，她的叫聲是誰也聽不見的。而如果有人注意到她的叫聲，原因也很清楚：黃蜂正在她頭頂上嗡嗡地飛鳴。這就證明，黃蜂刺螫了這可憐的婦人……這是『第一個方式』。

「可是，假定毒針在凶手收回之前就被人發現——事實也是如此——在這種情況下，自然死亡的說法就不成立了。凶手不把吹管扔掉，反而將它放在某個地方，以便他人搜查飛機時發現，並且使人認為它是殺人武器。這是凶手想要造成『距離的印象』。因為，人們發現毒針時，就會把全部的懷疑鎖定在某些預先安排且固定的方向上……

「我有自己的理論：三個嫌疑者和假定的第四個——金．杜邦先生。因為是他首先假定『死者死於黃蜂的刺螫』，而且在飛機上，他的位子離吉塞爾太太甚近，甚至不從座椅上站起來也能殺死她。但從另一方面來說，我想，他未必敢於這樣冒險……

「我把全部注意力集中在『黃蜂問題』上。如果殺人犯把黃蜂帶上飛機，並在千鈞一髮的瞬間把牠放出來，那麼他身上一定要有藏放黃蜂的小盒子。普羅米修斯號乘客衣袋裡的東西和行李讓我深感興趣。在這裡事情有了出乎意料的發展。我果真找到了想要找的東西，只是這東西是在一個不太對的人那裡發現的。蓋爾先生的衣袋裡有『布賴恩暨梅伊公司』出品的一個空火柴盒。但根據所有乘客的證明，蓋爾先生並未走到艙尾去。他只是上過廁所，那是和二號座位相反的方向，然後就回到自己的位子。總之，雖然看起來不可能，然而情況表明，蓋爾先生還是可能犯罪。他旅行箱裡的東西使我產生這種想法。」

「我的旅行箱？」諾曼．蓋爾吃驚地問道，顯得極為詫異和困窘。「我連裡面有什麼都記不得啦。」

白羅向諾曼・蓋爾溫和地微笑一下。

「等一會兒。我還沒講到那裡呢。我只是向你們敘述我原先的推測。

「繼續。現在，從可能性的條件看來，我已經有了四個嫌疑者：兩名空服員、克蘭西先生和諾曼・蓋爾先生。同時，我開始從另一方面——從動機的觀點——來分析問題。因為如果動機和可能性相契合，凶手就無所遁逃。但糟糕的是，我未能找出任何兩者符合的情況。我的朋友——傑派警官指責我，說我把一切搞得過於複雜。恰恰相反，我是盡可能簡單地處理動機問題。你們自己判斷一下，吉塞爾太太之死究竟有利於誰？顯然有利於一個不知名的女孩，因為她是財產繼承人。另外我們還找到了幾個人，就我們所知，這些人在一定程度上受制於吉塞爾太太，或者可以說，可能受到吉塞爾太太的控制。於是我採用了排除法。

「在所有乘客中，只有一個人確定和吉塞爾有來往。那就是霍伯里太太。她的動機十分清楚。在出國前夕，她在巴黎和吉塞爾太太碰過面。她處在絕望的狀態中。她有個朋友，是個年輕演員，他輕而易舉扮演美國人的角色，並且向古董商買到吹管；他還收買了國際航空有限公司的辦事員，知道吉塞爾太太這一次乘坐十二點的班機。

「這時，我把問題分成兩部分看。我看不出霍伯里太太有犯罪的機會，也找不出兩個空服員、克蘭西先生或者蓋爾先生有什麼犯罪的動機。

「我腦中始終在思考著死者那個下落不明的女兒，以及繼承的問題。我所懷疑的四個人是否都結了婚？如果是，那麼吉塞爾太太的女兒安妮・莫里索就可能是其中一個人的妻子。如果她的父親是英國人，她就可能是在英國長大的。我很快見到了米契爾的妻子，馬上就把她排除了，她出身於古老的多塞特家族；我打聽到戴維斯正在追求一個小姐，她的父母還健在；我另外也弄清楚了克蘭西先生是個終身不娶的單身漢；而諾曼・蓋爾先生則深深愛著珍・格雷小姐。

「可以說，關於珍・格雷小姐的出身，我調查得十分清楚，因為從一次和她偶然的談話中知道，她是在離都柏林不遠的一個孤兒院長大的。但我很快就確信，格雷小姐不是吉塞爾太太的女兒。

「我做了一份得失調查表：對於吉塞爾太太的死亡，兩個空服員既沒失去什麼，也沒獲得什麼（雖然米契爾顯然受到精神上的刺激）；克蘭西先生想寫一本新書，決定拿吉塞爾太太謀殺案作為這本書的題材，指望得到一筆豐碩的收入；至於諾曼・蓋爾先生，他的生意很快就一落千丈。到目前為止，沒有什麼收穫。但我當時確信，兇手就是蓋爾先生。蓋爾先生的空火柴盒和皮箱裡的東西就是證明。吉塞爾的死亡，蓋爾看似是損失慘重，毫無所獲，但那或許只是掩人耳目罷了。

「我決定和蓋爾先生深一層來往。我憑經驗知道，經由交談，人遲早都會洩漏自己的本性，暴露自己的真面目。每個人都有暢談自己的願望。我裝作信任蓋爾先生，甚至尋求他的幫助。我勸他幫我敲詐霍伯里太太。但是就在這兒，他第一次失足了……

「我建議做一點偽裝。可是蓋爾刻意把自己裝扮得非常古怪和可笑，根本是在鬧笑話。我可以保證，沒有人可能把自己弄得那麼狼狽。這究竟是什麼原因呢？蓋爾知道自己有罪，遂力圖掩藏自己是個天生的演員。然而，我一糾正了他那荒誕的怪相，他的演技馬上就表現出來了；他出色地扮演了自己的角色，霍伯里太太甚至沒猜到他是誰。所以，我深信，他可能在巴黎假扮過美國人，而且也可能在普羅米修斯號上做了重要的表演。

「於是，我為格雷小姐的命運擔憂了。她可能和蓋爾一夥，也可能完全無關，最後卻有成為第二個受害者的危險。珍可能不知哪天早上醒來，會發現自己嫁了一個殺人犯。為了不讓她輕率的結婚，我把格雷小姐帶到巴黎，充當我的祕書。我們待在那裡的時候，吉塞爾太太的繼承人聲請了自己的財產權。我一看見她，我說的是安妮．莫里索，就驚異地覺得她像什麼人，但我怎麼也想不起她究竟是誰。等我想起來時，唉，已經太晚了……

「原來，安妮．莫里索就是普羅米修斯號的乘客，而且並未吐實。這一新發現，幾乎打翻我一切的想法。看來，犯殺人罪的鐵定就是她。但如果她是罪犯，她必定有個共犯——購買吹管和收買朱利．派瑞的人。這個人是誰呢？也許就是安妮．莫里索的丈夫？然後，我找到了正確的答案——如果某個事實可以獲得證實。如果我的推斷正確，那安妮．莫里索應該沒有乘坐這架班機。

「我打電話給霍伯里夫人，得到回答：是的，女傭人馬德琳在其主人的允准下乘坐了飛機，那已是上機前的最後時刻了……」

白羅停住，克蘭西先生說：「哎哎，我……有點不太明白。」

「你到底什麼時候停止叫我殺人犯？」諾曼．蓋爾惱怒起來。

「絕——不！你就是殺人犯！等我把一切說個清楚。最近整整一個星期，我和傑派警官都在調查你的事……沒錯，你當上牙科醫生是為了使你叔叔——約翰．蓋爾高興。你成了他的合夥人之後，就用了他的名字，實際上你是他姐姐的兒子，而不是他哥哥的兒子。你的真姓是理查茲。去年冬天，你用這個姓住在尼斯。就在那時，你第一次遇見了安妮．莫里索。她是跟她的女主人到那兒的。安妮．莫里索向我們講述的往事中，有關她童年時代的事的確是真的，其餘部分則是你精心編造的。安妮其實知道她母親做小姐時的名字。吉塞爾太太到過蒙地卡羅，在那兒賭過錢，那兒有個人讓你注意到她，同時提到了她的真名。你馬上想到可以撈到一大筆遺產。你那冒險家和賭徒的天性開始騷動起來。你從安妮．莫里索那兒知道霍伯里夫人和吉塞爾的借貸關係，犯罪計畫就自然而然地在你的腦海裡形成了。你認為，謀害吉塞爾的方式應當使一切懷疑都落到霍伯里太太身上。你收買了國際航空有限公司的辦事員，安排吉塞爾乘坐霍伯里夫人乘坐的那架飛機。安妮．莫里索曾向你說，她將乘火車去英國，你萬萬沒有料到會在飛機上遇見她。這使你的全盤計畫有失敗的危險。如果警方知道謀殺案發生的時候，吉塞爾太太的女兒兼繼承人就在普羅米修斯號上，自然就會馬上懷疑到她的身上。你推斷，由於謀殺案發生時她在火車上或者輪船上，完全不在現場，她就可以行使繼承權。到時候，你就和安妮．莫里索結婚，你知道安妮是忘我地愛著你的，然而你的目的是錢，不是那女孩本身。

「這時，突然又出現了一個複雜情況。你在盧比納遇見了珍．格雷小姐，你瘋狂得愛上了她，狂熱的愛情推動你去從事更加冒險的勾當。

「於是，你打算要人財兩得。要知道，你犯罪原先是為了錢，所以絕對不會放棄這筆錢。你嚇唬安妮．莫里索，對她說，如果她馬上宣布自己的身分和繼承權，就會受到懷疑。你勸她休假幾天，帶她一塊兒到鹿特丹去，在那兒登記結婚。你恰如其分地教安妮注意一切細節，預先指點她應當如何聲請自己的繼承權，叫她不要說出自己在霍伯里夫人那裡做女傭，並且一定要表明謀殺案發生時她和丈夫在國外。

「不幸的是，安妮．莫里索到達巴黎時，湊巧我也來到巴黎。格雷小姐陪伴我來。這一定壞了你的事。因為格雷小姐也罷，我也罷，我們兩人都認得出安妮．莫里索就是霍伯里夫人的女傭馬德琳。你跟她聯繫，但沒有成功。你終於趕到巴黎，知道你的妻子已到律師那裡去了。回去後她把遇見我的情況告訴你，你知道危險迫近了，決定要快刀斬亂麻。你本不希望你的新婚妻子長久地占有自己的財產。況且，你們兩人結婚以後也打算盡快離開這個地方。真是異想天開！你，蓋爾，拿生意衰落作為藉口，說要去加拿大。在那兒你將用理查茲這個姓，你的妻子將和你在一起。很快，理查茲太太就會死去，把她的全部財產留給你這個傷心欲絕的鰥夫。到時候，你將重新回到英國，再用諾曼．蓋爾這個名字，並以加拿大從事投機事業致富的富人之姿重返社會，又能和珍結婚。只是你已沒有時間可以浪費。」

白羅重新住口，諾曼·蓋爾卻仰起腦袋，哈哈大笑。

「白羅先生，你真會猜測別人心中的事情。克蘭西先生那種作家的職業倒是很適合你做。」蓋爾的聲音裡含有憎恨的味道。「但我一生中還從未聽過這種造謠中傷的胡說八道。白羅先生，你瞎想的東西未必能夠當作證據……」

白羅瞇起眼睛，凝視了諾曼·蓋爾片刻，然後有些得意地說：「或許。但是，我確實有些證據。」

「真的嗎？」諾曼·蓋爾嘲笑地大聲說，「也許你有我如何殺死老婦人吉塞爾的證據？可是所有乘客都清楚地知道我絕對沒有走過她身邊。」

「我馬上告訴你，你是如何犯罪的！」白羅說，「你旅行箱裡的東西該如何解釋呢？你去遊山玩水，為什麼帶著牙科醫生的白色亞麻上衣？這就是我給自己提出的一個問題。回答是：因為它很像空服員的工作服。

「現在談談你犯罪的經過。當空服員端著咖啡到普羅米修斯號的前艙時，你走進了廁所，在那裡穿上了自己的白上衣，回到客艙，從放茶點用具的箱子裡拿了一支咖啡匙，很快走到吉塞爾的小桌前。你把毒針扎進受害者的脖子，而且立刻打開火柴盒，放出黃蜂，再趕忙回到廁所，脫掉上衣，然後不慌不忙地回到自己的座位。一共用了大約一兩分鐘。我要強調一個心理因素：沒有人會特別去注意空服員。唯一能夠認出你的人是格雷小姐。但你了解女人只要一人獨處（特別是和一個討人喜歡的年輕人一起旅行的時候），她馬上就會打開手提包，照照鏡子，抹抹香粉，重新塗塗口紅……」

「是啊，」蓋爾繼續挖苦說，「好有趣的理論。但它是絕對沒有根據的。還有什麼嗎？」

「哦！還有很多，」白羅說，「正如我已經說過的，在交談中，每個人都可能揭露自己……你曾經很不小心地提到自己在南非的農場裡待過。你只差沒說：這個農場是專門繁殖蛇類的……這一點後來已經查明。」

諾曼．蓋爾第一次不由自主地露出恐懼。他仍企圖辯駁，可是始終沒有說出口。

「你在那裡，」白羅繼續說，「用了原來的名字──理查茲！我們用傳真方式把你的照片發送到那兒，那裡的人已經認出你了。根據這張照片，鹿特丹的人也認出你就是和安妮．莫里索結婚的那個理查茲。」

諾曼．蓋爾雖想說話，但已無話可說。他瞬間萎縮下去。一個精神抖擻的漂亮小夥子突然變成一個可憐的生物，嘴唇直顫，兩眼尋找援助和同情，但是他失望了……

「是性急破壞了你的計畫，」白羅說，「而瑪麗孤兒院的院長發電報給安妮．莫里索以後，更加快了事情的發展。忽視這份電報是不明智的。你授意妻子，既然犯罪時你們兩人湊巧都在飛機裡，如果她不隱瞞某些事實，那麼不是她就是你會受到警方的懷疑。你和安妮見面後，知道她和我的談話，你就更加慌張了。你害怕我從安妮那兒知道了真相，或許你還以為她自己也開始懷疑你了。你迫使她離開旅館，要她坐上銜接輪船的火車。在火車上，你強迫安妮．莫里索喝了氫氰酸，把空瓶子塞在她手裡……」

「惡毒的謊言！」

「不！安妮脖子上有發青的指痕。」

「卑鄙、無恥、醜惡的謊言！」

「你倉卒中甚至把指印留在瓶子上了……」

「你瞎說！我是戴……」

「啊！你是戴上手套的？我想，這個小小的自白足夠揭穿你了……」

蓋爾憤怒得面紅耳赤，臉色大變，向白羅猛撲過去。然而，傑派警官比他快一步，他揪住蓋爾的兩隻手，大聲而清楚地宣布。

「詹姆斯．理查茲，也就是諾曼．蓋爾！你因謀殺罪被捕了。我得警告你，你在這裡所說的一切，將來都可作為呈堂證供。」

諾曼．蓋爾嚇得直打哆嗦。看樣子，他幾乎就要虛脫了。兩名在門外待命的警察走進房來，把他帶走了。

克蘭西先生跟白羅仍留在房中。他痙攣似的深深吐了一口氣。

「白羅先生！」他大聲說，「這是我一生中碰到最驚人的事！你太神奇了！」

白羅低下頭，撫摸著小鬍子，謙遜地微笑了一下。

「不，不！傑派警官的功勞和我一樣大。他證實蓋爾就是理查茲，這是一項大功勞。加拿大警察局早就在調查這個理查茲。有個與他交往過的女孩自殺身亡了，但某些細節和事實表明，那不是自殺，而是他殺……」

「可怕！」克蘭西先生尖叫了一下。

「蓋爾是殺人犯！」白羅說，「而如同許多殺人犯一般，他對女人來說具有不可抵擋的魅力……」

克蘭西先生咳了一聲。

「可憐的女孩，這個珍・格雷……」

「是的，我已經跟她說過，生活有時是很殘酷的。可是她很勇敢，一定能克服困難。」

白羅不自覺地把蓋爾猛然一跳而弄亂的報紙疊成一疊。在報紙上，有一張照片吸引了他的注意。這是上流社會專欄的一張照片：維妮塔・克爾在賽馬日「跟霍伯里伯爵和朋友聊天」。

白羅把報紙遞給克蘭西先生。

「你看見了嗎？我相信，再過一年就會出現一則啟事：『一切準備就緒，霍伯里伯爵和維妮塔・克爾女士即將舉行婚禮。你知道這個婚禮會是誰安排的嗎？赫丘勒・白羅先生！我還要安排另一個婚禮。」

「霍伯里夫人和巴勒羅夫先生？」

「不！這類人物的婚禮引不起我的興趣。」白羅親暱地往前傾身。「不，我是說金・杜邦和珍・格雷小姐的婚禮。你等著看吧！」

§

一個月後，格雷小姐走進白羅先生的辦公室。

「我恨死你了，白羅先生。」

她臉色蒼白，眼下出現了黑眼圈。

白羅柔和地對她說：「如果這樣可以消氣，我就讓你稍微恨我一下吧。但我相信，你寧可面對真相也不願懵懂過一生，那樣的日子你過不久的。拋棄女人是會養成習慣的。」

「他是那麼迷人。」珍說，「我絕不會再愛上什麼人了……」

「自然囉，」白羅贊同地說，「對你來說，生活的這一面已經結束了。」

珍點了點頭。

「白羅先生，」她說，「現在我最需要的就是找一份有趣的工作，這樣我才能夠忘掉。」

白羅在椅子上往後一靠，看了看天花板。

「我勸你和杜邦父子一起到波斯去，那是很有趣的工作。」

「不過，那不是當時做做樣子而已嗎？」

「恰恰相反，我的孩子。」白羅搖了搖頭，「最近我愛上了考古學和古代陶器，以致真的捐了一張支票給我們的考古學家！今天早上他們告訴我，他們十分希望你參加他們的考察隊。你會畫畫嗎？」

「會。我在學校裡畫過，畫得還不賴。」

「好極了。我認為旅行會使你快樂起來。」

「他們真的希望我去嗎？」

「求之不得。」

「或許，」珍說道，「離開這裡是比較好。」她的臉蛋有點發紅。「白羅先生……」她疑慮地瞅了他一眼。「你不是……你不是……故意幫我的吧？」

「幫你？」白羅佯裝吃驚。「我向你保證，小姐，說到錢，我可是十足的……生意人。」

他似乎有點生氣了，珍慌忙請他原諒。

「現在，我想，」她說，「我最好到一些博物館去看看那些史前陶器。」

「非常好的想法！」

珍猶豫不決地在辦公室的門檻邊停下，然後走了回來。

「你平常也許在某方面比較不通人情，但你一直對我……很好。」

她在白羅頭上吻了一下，就急忙走了出去。

「哦，這個女孩，太可愛了！」赫丘勒．白羅說。

專文推薦

藏在日常細節中的冒險

楊照（作家）

一開始，就都在那裡了。

一九二〇年，阿嘉莎．克莉絲蒂出版了《史岱爾莊謀殺案》，神探白羅就已經退休了。而且在這個案子裡，藉由敘述者海斯汀的轉述，就鋪陳出克莉絲蒂小說最基本的偵探原則：

「那些看來或許無關緊要的小細節……它們才是重要的關鍵，它們才是偉大的線索！」

「豐富的想像力就像洪水一樣，既能載舟亦能覆舟，而且，最簡單直接的解釋，往往就是最可能的答案。」

「沒有任何謀殺行為是沒有動機的。」

還有，一個不討人喜歡的死者，一群各有理由不喜歡死者、因而也就都有殺人動機的人，這些人彼此之間構成複雜的關係，有的互相仇視，有的互相愛戀，麻煩的是，有些愛人其實貌合神離，有些仇人其實私下愛慕；更麻煩的是，不論是愛或是仇，都有可能是扮演出來的。

一個外來的偵探必須周旋在這些嫌疑者之間，從他們口中獲取對於案情的了解，換句話說，他必須在很短的時間內，搞清楚誰是誰、誰跟誰吵架、誰跟誰偷情，然後判斷誰說的哪一句是實話、哪一句是謊言。常常謊言比實話對於破案更有幫助。

再偷偷透露一下，如果要和小說裡的凶手及小說背後的作者鬥智，就像克莉絲蒂對英國社會的了解，祕訣就在於要去追究小說裡的人物背景，尤其是他們的階級地位。基本上，階級地位愈高、權力愈大、愈有錢者，說的話就愈不要相信。例如在《史岱爾莊謀殺案》中，僕人、園丁說的話遠比有頭有臉的人說的要可信多了。就算要說謊，他們的謊言也比較天真，而且往往出於善良動機。當你歸納線索時，就會知道他們並非故意說謊，那是因為他們的認知受到蒙蔽或誤導，而你慢慢就從這蒙蔽或誤導中被引導到真相。

《史岱爾莊謀殺案》出版那年，克莉絲蒂三十歲，但書稿其實早在五年前就寫好了，畢竟要找到有人願意出版一個看來再平凡不過的家庭主婦寫的小說，並不是那麼容易。

所有和克莉絲蒂接觸過的人，都對於她的「正常」留下深刻印象。她看起來就和她那個年紀的典型英國家庭主婦一樣，害羞、靦腆，只能在社交場合勉強跟人聊些瑣事話題，完全無法演講，甚至連只是站起來對眾賓客說幾句客套話，請大家一起舉杯，她都做不到。她不演講，也很少答應接受採訪，就算採訪到她也很難從她口中得到有趣的內容。她會講的，幾乎都是記者本來就知道、或者自己就可以想得出來的。

例如說白羅這個神探的來歷。克莉絲蒂回答：他應該是個外國人，這樣就能在英國日常生活中看出英國人自己看不出的線索。她自己碰過的外國人，只有第一次大戰剛爆發時到英國避難的比利時人。比利時警察怎麼能跑到英國來？那一定是因為他已經退休了。他有潔癖，所以對於現場會有特殊的直覺，馬上感受到不對勁的地方。一個有潔癖的人，好像應該長得矮小些才相稱，一個矮小有潔癖的人最適當的名字，就是希臘神話裡的大力士「赫丘勒斯（Hercules）」，製造出荒唐的對比趣味。那白羅這個姓是怎麼來的呢？克莉絲蒂很誠實地說：「我不記得了。」

一切都如此順理成章，一切都如此合邏輯，不是嗎？有記者問她怎麼看自己的舞台劇〈捕鼠器〉，創下了英國劇場、甚至全世界劇場連演最多場紀錄的名劇？克莉絲蒂的回答也還是中規中矩，合理合節：那是一齣小戲，在一個小劇院演出，成本很低，任何人想到了都可以帶家人或朋友去看，老少咸宜，並不恐怖，也不特別荒謬打鬧，可是又什麼都有一點，包括恐怖和荒謬打鬧的成分。

她的身上找不出一點傳奇、怪誕色彩，那她為什麼能在五十年間持續寫偵探小說，創造了那麼多謀殺，還創造了那麼多詭計？

首先因為她是女性，以及她的身世，包括她的階級身分，使得她在描寫故事場景時比一般男性作者來得敏感。因為在她之前的偵探推理小說男性作家的階級身分都是高高在上，基本上他們會從較高的角度看社會，比較看不到底層的感受。

而她的婚變以及婚變中遭逢的痛苦，都使她更能體會與觀察，將英國社會的複雜細節融入小說的核心情節，讓探案與線索分析結合在一起。

克莉絲蒂一生結過兩次婚，第一次在一九一四年，婚後不久，丈夫就參加了歐戰，是英國皇家空軍最早一批飛行員。一九二六年，這個丈夫有了外遇，直率地向克莉絲蒂要求離婚，在那之前，克莉絲蒂的媽媽才剛過世，雙重打擊之下，又遇到車子無法發動，克莉絲蒂崩潰了，她棄車而走，忘記了自己究竟是誰，躲進一家鄉間旅館，登記時寫了她心裡唯一有印象的名字——她丈夫情婦的名字。

離婚後，一次在晚宴中，有人提起近東烏爾考古的最新收穫，克莉絲蒂就取消了原定要去西印度群島的計畫，改訂了跨越歐洲到君士坦丁堡的「東方快車」，是的，就是這趟旅程給了她寫《東方快車謀殺案》的靈感。不過更重要的是，在烏爾，她認識了一位年輕的考古學家，比她小十四歲，這個人後來成了她的第二任丈夫。

這位考古學家陪她去參觀在沙漠中的烏克海迪爾城，卻在沙漠中迷路困陷了。幾小時中克莉絲蒂卻沒有一點驚慌不安，當下考古學家就決定要向她求婚。

原來，克莉絲蒂的內心是有這種冒險成分的。要不然她不會兩次選到的，都是喜愛冒險的丈夫，而她本身大概也不會吸引一個在各種危險情境下挖掘古代寶藏的人，讓他願意向一個大他十四歲的女人求婚。

這樣說吧，維多利亞時代後期的英國環境，壓抑限制了克莉絲蒂冒險、追求傳奇的內在衝動，她只好將這樣的衝動寄託在丈夫和寫作上。她一邊陪著第二任丈夫在近東漫走，一邊在小說中寫各式各樣的謀殺與探案。謀殺和探案都是冒險，還有，偵探偵查中做的事——蒐集線索，還原命案過程——其實和考古學家的考掘，如此相似！

克莉絲蒂寫得最好的，正是「藏在日常中的冒險」。她個性中的雙面成分，造就了特殊的偵探魅力。既嚮往非常傳奇，卻又有根深柢固的日常邏輯信念，兩者都在克莉絲蒂的小說中扮演了重要角色。她的謀殺案幾乎都和日常習慣緊密編織在一起，日常環境成了凶手最重要的掩護。有些日常規律明顯地被破壞了，讓我們很自然以為那會是謀殺的線索，沿著這些線索形成了閱讀中的推理猜測，然而白羅早就提醒了，真正重要的反而是那些「細節」，也就是看來像是依隨日常邏輯進行的事，或說藏在日常邏輯中因而不被看重的事，那裡要嘛藏著凶手的核心詭計、煙幕，要嘛藏著凶手致命的破綻。

凶案的構想，就是如何讓異常蓋上日常、正常的面貌，又如何故意將日常、正常予以扭曲，製造假象；那麼偵探要做的，就是如何準確地在日常中分辨出真正的異常，將假的、明顯的異常撥開來，找出細節堆疊起來的異常真相。

此外，克莉絲蒂的小說裡隱藏著極其曖昧的情感價值觀，最典型、最有名的就是《東方快車謀殺案》。透過追查過程，讓讀者知道為什麼凶手要訴諸於這種手段，其動機具有可同情之處，再加上克莉絲蒂對身分階級的觀察，她比較相信或讓讀者相信那些沒有權力、地位的人，隨著偵查節奏去認識可能或必須懷疑的人。克莉絲蒂最擅長營造「多重嫌疑犯」的小說特質，因為讀者在閱讀時必須被迫去認識很多不一樣的人。在她最受歡迎的作品，大概都具備這樣的特質。

當然，她的作品中還有兩個最突出的神探，即白羅和瑪波。白羅是比利時人，但為什麼必須是外國人？這是因為英國人具有高度階級意識，這種觀念一路滲透到所有互動細節，包括人與人之間如何說話。而白羅因為不是英國人，他會發現一般英國人不太看得出來的東西，以及兩個人互動的方法哪裡不正常。至於瑪波為什麼得是老太太？她一如那個年代的老人家，總是靜靜坐著打毛線，因為不起眼，自然讓人放鬆防備，所以瑪波探案的線索都是來自於這樣的互動模式。

然而，白羅有很明顯的優勢，瑪波的身分使她基本上只能進行「靜態」的辦案，案子的空間受到侷限，白羅卻可以跨越各種空間，恣意揮灑。而且白羅擁有警官身分，可以合理出現在各種犯罪現場，瑪波能出現的地方，相形之下就勉強、不自然多了。白羅是明白的outsider，在英國，只要他出現，就會覺得有外人在而感到緊張，於是很容易露出平常不會表現的行為；瑪波則看起來是 insider，但實質上是 outsider，因為總是沒人發現她、當她空氣人。這兩人的探案，是兩個極端。雖然讀者最愛白羅，但克莉絲蒂自己偏愛瑪波勝於白羅。

不管後來的偵探、推理小說發展了多少巧妙詭計，克莉絲蒂卻不會過時，因為她的推理如此密切地和日常纏繞在一起；活在日常中，我們就無可避免被克莉絲蒂的「日常細節推理」吸引，隨時讀來都充滿驚奇趣味。

名家盛讚克莉絲蒂（依推薦時間排序）

金庸（作家）

克莉絲蒂的寫作功力一流，內容寫實，邏輯性順暢，也很會運用語言的趣味。閱讀她的小說，在謎底沒有揭露之前，我會與作者鬥智，這種過程非常令人享受。其作品的高明之處在於：布局的巧妙完全意想不到，而謎底揭穿時又十分合理，讓人不得不信服。

詹宏志（作家、PChome 網路家庭董事長）

推理小說在從先輩柯南·道爾等人的發明中出現力量時，誕生了一位《天方夜譚》故事中每天說故事說個不停的王妃薛斐拉·柴德，也就是「謀殺天后」克莉絲蒂，整個世界對聽這些故事才有如此的熱情。他們捨不得睡覺，每天問後來還有嗎、還有嗎，永遠不肯離去，這就是克莉絲蒂對推理小說的最大貢獻。

可樂王（藝術家）

所謂「克莉絲蒂式」的推理小說，就是一場和一個天才的寫作者或高明的恐怖份子在紙上捕掠捉殺的戰事。即便是一列火車、一處飯店或一間酒吧，在克莉絲蒂寫來皆充滿神祕和猜謎。在人生適合的下午裡，我總是一面嚼著口香糖，一面跟著矮子偵探白羅穿梭謀殺現場，克莉絲蒂的推理作品無疑是推理世界中最充滿「魔術性」的小說。

吳若權（作家、節目主持人）

我從小就對推理小說情有獨鍾，克莉絲蒂一系列的作品尤其令我愛不釋手。多年來，閱讀推理小說的經驗讓我覺悟：讀者在文字情節中推展開來的驚嘆，不只是因緣於故事的本身，而是自我性格的投射。從這個觀點來看克莉絲蒂一系列的作品，她簡直就是洞徹人性的算命師。而讀者，在她的文字中，發現了自己無可奉告的命運。

藍祖蔚（國家電影及視聽文化中心董事長）

做過藥劑師，難免懂得毒藥；嫁給考古學家，難免也就嫻熟文明的神祕；再加上曾經失蹤九天，一切不復記憶的離奇經驗，的確提供了寫作靈感，但若少了想像力，那些片羽靈光縱使辛辣如辣椒，卻不足以成菜。

推理小說重布局、重人物描寫，克莉絲蒂最厲害的卻是犀利的人性觀察，她一手創造的白羅探長，潔癖個性完全和她相反，更將她所憎厭的人格特質集於一身，殊不知，唯有不對著鏡子寫作，才能夠跳出框架與制式反應，開闢無限寬廣的新世界，建構多面向的詭異迷宮。

看完她的小說，你只會更加訝異，到底是什麼樣的心靈才能成就這般視野？

李家同（作家、前暨南大學校長）

克莉絲蒂的整體布局十分細膩，最後案情也都講解得非常詳細，回頭去看，在書中都找得到線索。故事的情節與內容也很好看，不是像一個流氓在街上被殺掉那麼單調。……看小說應該要花腦筋、要思考，從小就要養成思辨的能力，看她的小說，就是對邏輯思考能力極佳的訓練。

袁瓊瓊（作家）

雖然被公認是冷靜理性的謀殺天后，但是在理性之下，克莉絲蒂的底色依舊是感情。克莉絲蒂很明白，所有的慾望之後，都無非是某種愛情。在以性命相搏的犯罪世界裡，凶手以終結他人的性命來遂私欲，不過是為了成全自己的愛，或者是成全自己的恨。

鄧惠文（精神科醫師）

以推理小說作家而言，克莉絲蒂的風格相當獨樹一格。她的偵探在辦案時，靠的不光是科學證據的搜集，而是大量運用犯罪心理學，及對人性的深刻了解。例如在《五隻小豬之歌》中，白羅便是藉由聽取嫌疑犯訴說案情時所不自覺顯露的主觀意識及中心思想，而看出其中破綻，找出真凶。白羅是靠腦袋辦案，以心理層面去剖析案情，即使人們敘述的是同一件事，他可以聽出不同角色因出發點及看待角度不同所透露的情緒觀感，從而抽絲剝繭，還原事實真相。

克莉絲蒂所塑造的人物也生動且各具特色，不同個性所出現的情緒反應描寫，皆細膩而準確，讓讀者產生豐富的想像空間，一展卷便欲罷而不能。

吳曉樂（作家）

克莉絲蒂使用的語言平易近人，主要是以角色與情節的對應來斧鑿出故事的深度，堆疊出讓讀者回味的迂迴空間。而她筆下的角色往往性別、階級、性格、族群各異，塑造出多元又豐富的人物群像。

文學作品不問類型，若要流傳於世，最終仍得上溯至「人性」的理解與反思。而阿嘉莎・克莉絲蒂的作品中，我們可以看到人類屢屢得和自己的人生討價還價，或千方百計讓主觀意識與客觀條件達成某種程度的整合，讀者在重建人物的心理軌跡時，也見識到自身的是非成敗，我認為，這也是克莉絲蒂的作品能夠璀璨經年、暢銷不衰的主因。

許皓宜（心理學作家）

克莉絲蒂筆下的故事看似在談人性的醜惡，實則像一位披著小說家靈魂的心靈引導者，用她的文字訴說著人們得不到「愛」時的痛苦。於是在故事終了的剎那，你不得不對人生多了幾分「看透感」：原來，我們心裡的那些痛苦、報復與自我折磨的慾望，不是因為「憤恨」，而是起於對「愛的失落」。這或許是我們在情感世界中最珍貴且深刻的一種覺察了。

推理小說荒謬驚悚嗎？不，它其實很寫實。它幫我們說出心裡的苦、怨、醜陋的慾望，於是，我們可以重新學習愛了。

一頁華爾滋 Kristin（影評人）

從有記憶以來，閱讀克莉絲蒂最迷人之處往往不在真正的凶手是誰，而是在於「Why」（為什麼）與「How」（如何進行），在於人性與心理描摹的故事肌理。依循其書寫脈絡，會發覺不只是邏輯清晰、布局縝密、著重細節，她總能完美掌握敘事節奏，書中人物彷彿真實存在般鮮明躍然紙上，讀者情緒會隨精準文字保持流轉、跳動、收放，掩卷時並無太多真相水落石出的暢快，反倒淡淡的惆悵化為餘韻襲上心頭，原來還是種種意料之外，卻屬情理之中的人性盲目使然。私以為，那成就了克莉絲蒂的推理故事之所以無比迷人的主因之一。

冬陽（推理評論人）

雖然阿嘉莎・克莉絲蒂的作品並非我的推理閱讀啟蒙，卻是養成閱讀不輟的重要推手。首先，她無庸置疑是個說故事能手，打開我名為好奇的開關；其次是設計犯罪事件的巧妙多元，既日常又異常，凶手更是叫人意想不到。沒錯，我相信每個當讀者的都忍不住想破案，想早偵探一步識破詭計，或者像考試結束鈴響前一秒，瞎猜都要指著某個角色大喊「你就是犯人」！然後會忍不住作弊——不是翻到最後幾頁窺探真凶身分，而是往前翻查讓人起疑的段落、偵探顯然掌握重要線索的時刻，直到忍不住豎白旗投降，看神探（我知道啦，真正把我耍得團團轉的聰明人是作者）頭頭是道地分析我遺漏錯置的片片拼圖，終於看清真相全貌。這，就是偵探推理，我因此熟悉遊戲規則、沉醉在每一場迷人故事裡，成為這個類型書寫的俘虜，享受至今不疲的美好滋味。

石芳瑜（作家、永樂座書店店主）

布局細膩、處處留下線索，破案解說詳細，說明了這位安靜、害羞的推理小說女王心思縝密，且充滿想像力。密室殺人，完美犯罪，《東方快車謀殺案》不愧為古典推理小說的經典。再加上神祕的東方色彩，隨著火車抵達的迫切時間感，連非推理小說迷都會神經拉緊，讀完大呼過癮。

家庭主婦缺少人生經驗？處女座的阿嘉莎·克莉絲蒂充分展現她過人的寫作天分，靠得是從小開始的閱讀，以及對偵探小說的著迷。三十歲寫下第一本偵探小說《史岱爾莊謀殺案》的克莉絲蒂，在那個時代並不能說是「早慧」，但寫作生涯五十五年中，共創作了八十部偵探小說，卻令人難以企及。這位害羞靦腆的小說女神，大概是相信只要有足夠的理由，每個人都有殺人的可能！

余小芳（暨南大學推理研究社指導老師、台灣推理作家協會常務理事）

學生時代加入推理社團，社課指定讀物便是經典作品《一個都不留》，成為我對克莉絲蒂的初步印象，自此沉浸於推理小說的世界。隔年寒假陪同學參與轉學考，在斜風細雨的走廊中，滿足讀完《東方快車謀殺案》。隨著歲月遠走，已昇華成趣味回憶。

踏入推理文學領域需要認識的作家，阿嘉莎·克莉絲蒂絕對名列其中，她的作品常有英國小鎮風光、莊園式的謀殺、設備豪華的交通工具等，還有特色鮮明的偵探活躍其中。書中少有血腥、暴力的橋段，布局巧妙且結構嚴密，手法純粹、知性，故事內容與人物性格融為一體，以高超的想像力結合說好故事的能耐，為推理小說開創新局面。克莉絲蒂推理全集重編改版，值得新舊讀者一起探索。

林怡辰（國小教師、教育部閱讀推手）

多年後，還是難忘第一次閱讀阿嘉莎．克莉絲蒂作品的感動和激動。這套將近一世紀的作品，文筆流暢，邏輯縝密，過程中不斷與作者較量、猜出凶手，直到最後解答不禁佩服，蛛絲馬跡處處展現作者的精妙手法，於是又拿起另一部作品，再次沉溺在謀殺天后所編織的日常世界中的奇幻，無可自拔。犯罪動機和手法穿越時空限制，如今讀來合理且依舊令人感動，閱讀中趣味橫生，難怪成為後來諸多偵探小說的原型。

克莉絲蒂創作生涯中產出的八十部推理作品，至今多部躍上大銀幕，無怪乎被稱之為「經典」，喜愛推理偵探作品的人不可不讀，你會驚異於她在文字中施展的魔法！

張東君（推理評論家、科普作家）

我愛克莉絲蒂！這位在台灣有時會被稱為克奶奶的超級暢銷推理小說家，即使是自認沒讀過她的書的人，也都會在各種書籍或影視作品中看到對她致敬的片段。由於她喜歡旅行和冒險，那些經驗與體驗都成為書中的場景，因此閱讀她的作品時，不只是雀躍地跟著偵探推理，也有了虛擬的旅行體驗。或者當成旅遊導覽書，在出發去尼羅河、去英國鄉間、去搭船搭火車時，就塞一本克奶奶的作品到隨身背包中。

我還是大學新生時，就聽學姐說她哥哥經常看克奶奶的小說，而且邊看邊狂笑。於是我跟著效仿，在某次搭飛機之前買了第一本小說當旅伴，不只看得超開心，看完後還到處找尋書中出現的那種有兜帽的斗篷，當成出門時的必備用品。克奶奶的作品是跨越文字、國界的。只要看過一本，就會不停地追下去。還好，真的是還好只有八十本。何況這次是全新校訂的紀念珍藏版，當然不能錯過！

發光小魚（呂湘瑜）（文史作家、助理教授）

一部好的偵探小說，除了情節設計巧妙之外，還需要洞悉人性，如此方能合理地交代人物的言行舉止與動機。阿嘉莎．克莉絲蒂便是其中翹楚，她的作品不管是偵探、愛情小說或戲劇，必要元素都是謎題與人性。在寧靜無波的場景下暗潮洶湧，永遠都有意料之外，讀者的情緒也會隨著劇情的進行起伏糾結。克莉絲蒂觀察到時代的變化，將犯罪心理融入作品中，於是，看她的小說不只能得到解謎的快樂，同時對人性也能夠有所省思。

此外，克莉絲蒂豐富的人生歷練及旅行經歷，例如一九二二年的環球之旅、居住過也旅行過的巴黎和埃及，甚至是追隨考古學家丈夫前往的中東，都讓她的小說讀來更加充滿異國情調。如果你也愛旅行，不如就讓我們一同搭上那一班南法的藍色列車，或由伊斯坦堡出發的東方快車，跟著白羅鑽進一樁奇案，一嘗旅程中破解謎題的快感吧。

盧郁佳（作家）

國小時，家裡買了一套阿嘉莎．克莉絲蒂全集，從此成了我的毒品，在白癡課本將我的腦袋啃噬成海綿般空洞時，撫慰受創的心靈，那時我仍對人心險惡一無所知。

數學課教你列算式，樂趣遠不如克莉絲蒂教你住宅平面圖、偷換時序的密室魔術，你從庭園長窗進房間，我從房門直通鄰房，他從走廊進房……從而學會故事是建構邏輯。她文風多變，時而《四大天王》中讓神探白羅向助手海斯汀大賣關子，眉頭緊皺，山雨欲來，預示天翻地覆，只能靠他拯救世界；時而用維吉尼亞．吳爾芙《自己的房間》中俏皮的語言，讓貧苦村姑安妮在《褐衣男子》中回憶南非出生入死的冒險，竟源於她耽讀村裡圖書館爛舊的冒險愛情小說，還有戲院每週末放映〈帕米拉歷險記〉，帕米拉每集從飛機跳落高空、搭潛艇、爬上摩天大樓，每次被黑幫老大抓到總不一刀斃命，卻老要用瓦斯毒死她，暗示續集又會逃出生天。

長大才發現，克莉絲蒂小說就是我的〈帕米拉歷險記〉：它以歌劇般輝煌龐大的天真陰謀、精細的人際觀察（一句話重音放在哪個字、從膝蓋鑑定女人的年齡等），召喚年輕讀者抱持浪漫精神投入未知的壯遊，瘋魔、衝撞、冒犯，傷痕累累毫無懼色。正如瓦斯在冒險片中太多、現實中卻太少；陰謀在現實中沒有克莉絲蒂寫得那麼複雜，但她刻畫的心理卻是現實中解謎的試金石。

賴以威（臺灣師範大學電機系副教授）

或許可以為經典下幾個定義：該領域的愛好者更都讀過；不是這個領域的愛好者，許多人也都聽過；影響後續的作品，在很多著作中都可以看到它的影子；值得反覆再三閱讀，每隔一陣子再讀都可以獲得閱讀的樂趣，有更多的體悟。我永遠記得第一次讀《東方快車謀殺案》時，被那宛如嚴謹設計數學謎題的鋪陳、推進給深深吸引、震撼。從這幾個角度來說，克莉絲蒂的推理小說被稱之為「經典」，可說是當之無愧。

謝哲青（作家、旅行家、知名節目主持人）

克莉絲蒂小說的魅力在於透過每個角色的對白，藉由不斷的說話來表現人物的個性，以彰顯其人格特質中一些無法被忽略的事實。我們從他們的言語、講話的過程和字裡行間，竟然就能知道誰是凶手。

我從克莉絲蒂的小說學到很多，除了推理小說有趣的事實之外，最重要的是，我在工作的職場跟人應對的時候，如何從語言和對話裡去捕捉某些隱而不顯的事實。許多人們欲蓋彌彰的東西，無論心事也好、祕密也好，克莉絲蒂都會用文學的手法，讓你理解語言的奧妙和魅力。

克莉絲蒂的書寫會讓你覺得彷彿自己也在現場，你可以從聽到的對話當中，學會如何理解人心的一些小技巧，這是小說家最出色、最偉大的地方。我們必須學習傾聽別人說話——這些人講話是真誠的嗎？他想要跟你分享什麼資訊？這些資訊可靠嗎？——這是我在閱讀推理小說時，最大的收穫和理解。

阿嘉莎·克莉絲蒂大事記

1890		• 九月十五日出生於英格蘭德文郡托基鎮。
1894	4 歲	• 開始在家自學，父母親、姐姐教導閱讀、寫作、算術和彈鋼琴。
1895	5 歲	• 家中經濟走下坡，舉家搬至法國，學會流利的法語。
1905	15 歲	• 在巴黎寄宿學校學鋼琴和聲樂，但生性極度害羞，未成為職業鋼琴家，最終回到英國。
1907	17 歲	• 陪同母親前往埃及調養身體，對社交活動充滿興趣，但尚未對日後感興趣的埃及古物點燃熱情。 • 回英國後繼續寫作、參與業餘戲劇表演。
1908	18 歲	• 寫出第一篇短篇小說〈麗人之屋〉，同時也寫出第一部愛情小說《白雪黃漠》，以筆名向出版社投稿，但屢遭退稿。
1912	22 歲	• 與英國皇家軍官亞契·克莉絲蒂（Archibald Christie）熱戀。 • 八月爆發第一次世界大戰，亞契奉派到法國作戰。
1914	24 歲	• 耶誕夜結婚，亞契隨即返回戰場。克莉絲蒂參與紅十字會工作，在醫院擔任護士和藥劑師，因此對藥理和毒物非常熟悉，造就後來多部推理小說情節都以毒藥殺人。
1916	26 歲	• 開始嘗試寫推理小說，寫出第一部小說《史岱爾莊謀殺案》，主角偵探赫丘勒·白羅的靈感，來自於大戰期間英國鄉間的比利時難民營。本書歷經數家出版社退稿後，終獲柏德雷·海德（The Bodley Head）圖書公司的出版機會，之後並簽下另五本小說的合約。
1919	29 歲	• 前一年亞契返回英國，八月生下女兒露莎琳。

1920	30 歲	• 出版《史岱爾莊謀殺案》。
1922	32 歲	• 出版第二部小說《隱身魔鬼》，主角是夫妻檔偵探湯米和陶品絲。 • 與亞契至南非、澳洲、紐西蘭、夏威夷和加拿大等國旅行十個月，在南非得到《褐衣男子》的靈感。
1923	33 歲	• 三月出版第三部小說《高爾夫球場命案》，白羅再度登場。
1926	36 歲	• 四月母親過世，克莉絲蒂陷入憂鬱。 • 六月在「威廉・柯林斯父子出版社」出版《羅傑艾克洛命案》。 • 八月亞契因外遇提出離婚，十二月初一次爭吵後，克莉絲蒂離家棄車失蹤，消息登上全國新聞。
1927	37 歲	• 一月在悲痛心情中寫出《藍色列車之謎》，第一次創造出聖瑪莉米德村，即後來瑪波小姐居住的村子。 • 分居期間在雜誌刊登以白羅為主角的短篇小說，後來集結出版《四大天王》。 • 十二月在雜誌刊登短篇小說〈週二夜間俱樂部〉，瑪波小姐初登場，後來收錄在一九三二年出版的短篇小說集《十三個難題》。
1928	38 歲	• 十月正式離婚，仍保留「克莉絲蒂」姓氏。 • 秋天搭乘「東方快車」前往土耳其的伊斯坦堡，再轉往伊拉克首都巴格達，參觀考古現場烏爾，認識考古學家伍利夫婦（Leonard and Katharine Woolley）。
1930	40 歲	• 二月應伍利夫婦之邀再訪烏爾，認識考古學家麥克斯・馬龍（Max Mallowan），九月於英國愛丁堡結婚。這段婚姻開啟克莉絲蒂旺盛的創作生涯，兩人到中東考古現場的旅行為許多作品帶來靈感。

- 婚後克莉絲蒂開始維持固定的寫作行程。十月出版《牧師公館謀殺案》，是第一部以瑪波小姐為主角的小說。
- 出版第一部以「瑪麗．魏斯麥珂特」（Mary Westmacott）為筆名的《撒旦的情歌》，並陸續發表了五部非犯罪小說。

1932　42歲
- 出版《危機四伏》。

1934　44歲
- 出版《東方快車謀殺案》，是白羅海外辦案三部曲之一，故事靈感來自中東的旅行經歷。一九七四年第一次改編成電影大獲好評。

1936　46歲
- 出版《美索不達米亞驚魂》，白羅海外辦案三部曲之二。

1937　47歲
- 出版《尼羅河謀殺案》，白羅海外辦案三部曲之三，故事背景是年輕時與母親同遊的埃及。一九七八年第一次改編成電影大受歡迎。

1939　49歲
- 二次大戰期間，克莉絲蒂在大學學院醫院擔任義務藥師，學習到最新的毒藥知識，對於推理小說寫作大有助益。
- 出版《一個都不留》，是克莉絲蒂最著名作品之一。

1941　51歲
- 出版《密碼》，呈現出克莉絲蒂對戰爭的看法。
- 出版《豔陽下的謀殺案》。

1942　52歲
- 出版《藏書室的陌生人》、《五隻小豬之歌》等名作。

1944　54歲
- 以「瑪麗．魏斯麥珂特」為筆名出版第三部作品《幸福假面》，被美國書評人發現是克莉絲蒂的作品，讓她從此失去匿名創作的自在樂趣。

1950	60 歲	• 獲選為皇家文學學會的會員。
1953	63 歲	• 出版《葬禮變奏曲》。
1956	66 歲	• 一月獲頒大英帝國爵級大十字勳章（GBE）。 • 十一月以「瑪麗·魏斯麥珂特」為筆名出版《愛的重量》，是這個筆名的最後一部作品。
1958	68 歲	• 成為「偵探作家俱樂部」主席。
1960	70 歲	• 馬龍獲頒大英帝國爵級大十字勳章。
1961	71 歲	• 獲得艾克塞特大學頒發榮譽文學博士學位。
1968	78 歲	• 馬龍獲封為爵士，克莉絲蒂亦被稱為馬龍爵士夫人。
1971	81 歲	• 獲頒大英帝國爵級司令勳章（DBE），獲封為女爵士。
1973	83 歲	• 出版最後一部創作《死亡暗道》，亦為湯米和陶品絲最後一次辦案。
1974	84 歲	• 最後一次公開露面，出席電影《東方快車謀殺案》首映會。
1975	85 歲	• 八月六日，白羅成為有史以來第一次在《紐約時報》頭版刊出訃聞的小說主角，宣傳九月即將出版的《謝幕》，這也是白羅最後一次辦案。
1976	86 歲	• 一月十二日去世。 • 十月出版《死亡不長眠》，瑪波小姐的最後一次辦案。

克莉絲蒂推理原著出版年表

1920 史岱爾莊謀殺案 The Mysterious Affair at Styles（神探白羅系列）
1922 隱身魔鬼 The Secret Adversary（神探湯米＆陶品絲系列）
1923 高爾夫球場命案 The Murder on the Links（神探白羅系列）
1924 白羅出擊 Poirot Investigates（神探白羅系列）
1924 褐衣男子 The Man in the Brown Suit（神探雷斯上校系列）
1925 煙囪的祕密 The Secret of Chimneys（神探巴鬥主任系列）
1926 羅傑艾克洛命案 The Murder of Roger Ackroyd（神探白羅系列）
1927 四大天王 The Big Four（神探白羅系列）
1928 藍色列車之謎 The Mystery of the Blue Train（神探白羅系列）
1929 七鐘面 The Seven Dials Mystery（神探巴鬥主任系列）
1929 鴛鴦神探 Partners in Crime（神探湯米＆陶品絲系列）
1930 牧師公館謀殺案 The Murder at the Vicarage（神探瑪波系列）
1930 謎樣的鬼豔先生 The Mysterious Mr. Quin（神探鬼豔先生系列）
1931 西塔佛祕案 The Sittaford Mystery
1932 十三個難題 The Thirteen Problems（神探瑪波系列）
1932 危機四伏 Peril at End House（神探白羅系列）
1933 十三人的晚宴 Lord Edgware Dies（神探白羅系列）
1933 死亡之犬 The Hound of Death
1934 三幕悲劇 Three Act Tragedy（神探白羅系列）
1934 李斯特岱奇案 The Listerdale Mystery
1934 帕克潘調查簿 Parker Pyne Investigates（神探帕克潘系列）
1934 東方快車謀殺案 Murder on the Orient Express（神探白羅系列）
1934 為什麼不找伊文斯？ Why Didn't They Ask Evans?
1935 謀殺在雲端 Death in the Clouds（神探白羅系列）
1936 ABC 謀殺案 The A.B.C. Murders（神探白羅系列）
1936 底牌 Cards on the Table（神探白羅系列）
1936 美索不達米亞驚魂 Murder in Mesopotamia（神探白羅系列）

1937 巴石立花園街謀殺案 Murder in the Mews（神探白羅系列）
1937 尼羅河謀殺案 Death on the Nile（神探白羅系列）
1937 死無對證 Dumb Witness（神探白羅系列）
1938 白羅的聖誕假期 Hercule Poirot's Christmas（神探白羅系列）
1938 死亡約會 Appointment with Death（神探白羅系列）
1939 一個都不留 And Then There Were None
1939 殺人不難 Murder Is Easy/Easy to Kill（神探巴鬥主任系列）
1940 一，二，縫好鞋釦 One, Two, Buckle My Shoe（神探白羅系列）
1940 絲柏的哀歌 Sad Cypress（神探白羅系列）
1941 密碼 N Or M?（神探湯米＆陶品絲系列）
1941 豔陽下的謀殺案 Evil Under the Sun（神探白羅系列）
1942 五隻小豬之歌 Five Little Pigs（神探白羅系列）
1942 藏書室的陌生人 The Body in the Library（神探瑪波系列）
1943 幕後黑手 The Moving Finger（神探瑪波系列）
1944 本末倒置 Towards Zero（神探巴鬥主任系列）
1945 死亡終有時 Death Comes as the End
1945 魂縈舊恨 Remembered Death（神探雷斯上校系列）
1946 池邊的幻影 The Hollow（神探白羅系列）
1947 赫丘勒的十二道任務 The Labours of Hercules（神探白羅系列）
1948 順水推舟 Taken at the Flood（神探白羅系列）
1949 畸屋 Crooked House
1950 謀殺啟事 A Murder Is Announced（神探瑪波系列）
1951 巴格達風雲 They Came to Baghdad
1952 殺手魔術 They Do It with Mirrors（神探瑪波系列）
1952 麥金堤太太之死 Mrs. McGinty's Dead（神探白羅系列）
1953 黑麥滿口袋 A Pocket Full of Rye（神探瑪波系列）
1953 葬禮變奏曲 After the Funeral（神探白羅系列）

1954　未知的旅途 Destination Unknown
1955　國際學舍謀殺案 Hickory, Dickory, Dock（神探白羅系列）
1956　弄假成真 Dead Man's Folly（神探白羅系列）
1957　殺人一瞬間 4:50 from Paddington（神探瑪波系列）
1958　無辜者的試煉 Ordeal by Innocence
1959　鴿群裡的貓 Cat Among the Pigeons（神探白羅系列）
1960　哪個聖誕布丁？ The Adventure of the Christmas Pudding（神探白羅系列）
1961　白馬酒館 The Pale Horse
1962　破鏡謀殺案 The Mirror Crack'd from Side to Side（神探瑪波系列）
1963　怪鐘 The Clocks（神探白羅系列）
1964　加勒比海疑雲 A Caribbean Mystery（神探瑪波系列）
1965　柏翠門旅館 At Bertram's Hotel（神探瑪波系列）
1966　第三個單身女郎 Third Girl（神探白羅系列）
1967　無盡的夜 Endless Night
1968　顫刺的預兆 By the Pricking of My Thumbs（神探湯米＆陶品絲系列）
1969　萬聖節派對 Hallowe'en Party（神探白羅系列）
1970　法蘭克福機場怪客 Passengers to Frankfurt
1971　復仇女神 Nemesis（神探瑪波系列）
1972　問大象去吧！ Elephants Can Remember（神探白羅系列）
1973　死亡暗道 Postern of Fate（神探湯米＆陶品絲系列）
1974　白羅的初期探案 Poirot's Early Cases（神探白羅系列）
1975　謝幕 Curtain: Hercule Poirot's Last Case（神探白羅系列）
1976　死亡不長眠 Sleeping Murder（神探瑪波系列）
1979　瑪波小姐的完結篇 Miss Marple's Final Cases（神探瑪波系列）
1991　情牽波倫沙 Problem at Pollensa Bay
1997　殘光夜影 While the Light Lasts

國家圖書館出版品預行編目（CIP）資料

謀殺在雲端 / 阿嘉莎．克莉絲蒂（Agatha Christie）著；高峰譯. -- 二版. -- 臺北市：遠流出版事業股份有限公司, 2022.10
面；　公分. -- (克莉絲蒂繁體中文版20週年紀念珍藏；12)
譯自：Death in the clouds
ISBN 978-957-32-9740-6(平裝)

873.57　　111013852

克莉絲蒂繁體中文版 20 週年紀念珍藏 12

謀殺在雲端

作者 / 阿嘉莎．克莉絲蒂
譯者 / 高峰

主編 / 陳懿文、余式恕　校對 / 呂佳真
封面、內頁設計 / 謝佳穎　排版 / 連紫吟、曹任華
行銷企劃 / 舒意雯　出版一部總編輯暨總監 / 王明雪

發行人 / 王榮文
出版發行 / 遠流出版事業股份有限公司
地址 / 104005臺北市中山北路一段11號13樓
電話 / (02)2571-0297　傳真 / (02)2571-0197　郵撥 / 0189456-1
著作權顧問 / 蕭雄淋律師

2002年6月1日 初版一刷
2022年10月1日 二版一刷
定價 / 新臺幣380元 (缺頁或破損的書，請寄回更換)

ISBN 978-957-32-9740-6

遠流博識網 http://www.ylib.com E-mail: ylib@ylib.com
遠流粉絲團 https://www.facebook.com/ylibfans